黑暗路上點亮心燈

庄大軍　著

序言　黑暗的啟示

　　小時候最怕黑，太陽還沒落山就急急忙忙往家奔，生怕被鬼抓了去。

　　稍大些雖不那麼恐懼黑暗，但關燈後還是忐忑不安，巴望著睡夢中仍然是一片陽光燦爛。

　　自古以來，雄雞報曉旭日東昇總令人對生活充滿希望和信心，而搖搖欲墜的落日卻往往令人感覺失落的淒涼和悲哀。出於敬畏，哪怕親人辭世，也需大吹大擂張燈結綵，唯恐逝者在另一個世界裡無法享受明媚溫暖的陽光。這樣看來，人們其實對黑暗與生俱來就懷有深深的恐懼，人們常常把黑暗與病痛仇恨死亡相提並論，黑暗似乎成為人生道路上一道無法逾越的深淵。

　　然而，在這個世界上，卻有一群人不得不生活在黑暗之中，生活在沒有藍天白雲紅花綠葉的另一個世界裡。在一般人看來，他們的白天黑夜只區別于喧鬧與寧靜，他們的春夏秋冬也不過是溫度的高低變化而已。沒想到命運也和我開了這樣一個玩笑，一場大病之後光明不復存在，色彩和線條永遠消失在伸手不見五指的黑暗之中。風華正茂的我，被迫走上了另一條道路，從此開始了崎嶇漫長而艱苦的黑暗之旅。

　　然而世界並沒因為我的不幸而變得暗淡無光，社會也沒因為我的痛苦而變得冷酷無情，大地上還是百鳥爭鳴百花齊放，紅彤彤的朝陽照舊日復一日從東方冉冉升起。我終於接受了這個殘酷的事實，終於開始用心去感受另一個黑暗的世界。生命在這個世界裡依然是那樣朝氣蓬勃，情感在這個世界裡依然是那樣纏綿悱惻，人生在這個世界裡也同樣充滿了酸甜苦辣喜怒哀樂。儘管所表達的方式不同，可失去眼睛的我們同樣有著一顆熱愛生活的心，所追求的與正常人一樣，仍然是光明和溫暖所帶來的幸福和快樂。因為這種追求就像生老病死一樣，是上天所賦予的，也是黑暗無法剝奪的。

在社會這個大家庭裡，人與人之間的關愛，心與心之間的交流，通過每句話每個細微的動作灌輸于另一個心靈。就像春天的雨水一樣，總能把希望的種子萌發，讓愛的嫩芽蓬勃生長。在這個世界裡，紅花綠葉平起平坐，每朵花兒每片綠葉均系于同一棵健康的枝幹。在這個世界裡，美與醜靠的不是外表，善與惡更憑心靈的感應。在這個世界裡，世態炎涼需計算有多少雙手臂伸出，人情冷暖也得根據有多少顆愛心的呵護。在這個世界裡，愛常常在手指間流動，每一次觸摸都能掂量出真善美的分量。

在這個世界裡，心靈掙脫了光線的束縛，思想擺脫了色彩的誘惑，境界正在做另一種全新的昇華。每一句話語，每一次接觸，每一種氣味，都能讓想像如藍天上悠悠的白雲般自由飄蕩。在這個世界裡，想像插上了翅膀，再不受線條和色彩的束縛，變得無拘無束無所不能。其實想像正因為擺脫了有限的視覺，才更加傳神而生動。例如把所崇敬的人物比作太陽，把愚蠢的人比作笨蛋，這種想像和色彩線條絲毫沒有關係，卻入木三分更讓人心領神會。

有句話說，無論什麼顏色的貓，到了晚上全變成了黑貓。就是說，色彩必須依賴光線才得以存在，也就是說，我們的視覺完全被光線所左右。無論什麼顏色的貓，，只有捉老鼠的貓才是好貓，那麼色彩其實不過只為了取悅我們的眼球而已。這樣看來，沒了色彩的蒙蔽，辨明真偽分清是非，便可能更加容易。而在一個燈紅酒綠的世界裡，這種辨明真偽分清是非的能力，對每個人選擇前進的道路都是至關重要的。

　　朋友，你熱愛生活嗎？朋友，你珍惜生命嗎？朋友，你對自己還有信心嗎？答案如果是肯定的，那麼希望的種子已經發芽，那麼你就一定能成長為祖國需要的棟梁；你一定聽得見春雨正在輕輕敲打你的窗玻璃；你一定聽得見夏天暴風驟雨中大地的狂歡；你一定聽得見秋夜原野上蟲兒合奏的小夜曲；你一定聽得見北風捎來冬日的問候。

　　願每個人心中都有一盞明燈，願心燈照亮黑暗旅途前進的方向。

目　次

一、

黑暗生活篇

1 書中自有光明路

　　每年 4 月 23 日，是世界讀書日，這充分體現了我們地球人對知識對歷史對科學對文明的集體追求意識。、宋朝大詩人蘇軾有句話：腹有詩書氣自華，讀書萬卷始通神。

　　所謂讀萬卷書，開卷有益，說的就是這樣一種境界，只要你有足夠的悟性和定力，無論什麼書都可從中獲得莫大的益處。曾讀過奧地利作家斯蒂芬。茨威格的短篇小說【象棋的故事】，有位被納粹關進監牢的男人，為避免精神崩潰，悄悄從一個顯然是棋迷的德國軍官的口袋裡偷出一本專門介紹國際象棋殘局的小冊子。就是憑著這本對他毫無趣味可言的小冊子，他硬是熬過了漫長可怖的牢獄歲月，終於等到了二戰的勝利。

　　出獄後這位男人有次乘遊輪旅遊，恰逢一位國際象棋世界冠軍也在船上，旅客們要求集體與這位狂妄自大目空一切的世界冠軍佈局對陣，並出了高額賭金。正當眾旅客被世界冠軍殺得落花流水，即將全軍崩潰之際，這位在監牢裡讀了無數遍國際象棋殘局的男人忍不住出手相助，最終將世界冠軍擊敗。這位男人從前對國際象棋根本不感興趣，純粹是為了擺脫牢獄中的痛苦不得已才讀這本小冊子，不料日後竟然一舉擊敗了世界冠軍，可見無論什麼書都可能會讓你英雄有用武之地。

　　一個人的讀書習慣，與所處的環境密不可分，由於父母都愛讀書，所以我從小便自然而然徜徉於書海之中。至於讀什麼樣的書？一般隨年齡增長而有所變化。我和所有孩子一樣，連環畫是我讀書生涯的起點。那些精美的小畫書讓我愛不釋手，各種人物鬼怪動物勾起了無窮的遐想，或許我以後寫小說的激情皆來源於此吧！漫畫家張樂平先生的【三毛流浪記】，在那個年代，絕對是孩子們的最愛。腦袋只長著三根頭髮的三毛，吃盡了人間苦難，讓我們幼小的心靈受到極大的震撼。同樣都是孩子，同在一個世界裡，為什麼人生的苦與樂會有如此天地之差呀？

　　孩子的腦袋裡充滿了各種千奇百怪的想像，故而西遊記就成了我最喜愛的書之一，我廢寢忘食不厭其煩一遍遍讀的如癡如醉。我跟著孫悟空上天入地，海底雲裡與妖魔鬼怪惡鬥，為孫悟空的勝利而歡欣鼓舞，為孫悟空的挫折而黯然神傷。可以說，從【西遊記】起，我開始懂得了真善美與假惡醜，懂得了什麼叫棄惡揚善。一本好書就像一粒埋在心裡的種子，隨著你的成長生根發芽開花結果，成為你終身受益取之不盡用之不竭的精神食糧。比如西遊記，我起初只渴望像孫悟空那樣，神通廣大戰無不勝，掃平天下所有妖魔鬼怪。後來懂得人生就像西天取經一樣，必須經歷九九八十一道難關，最終方能取得成功。

　　更大一些，對歷經磨難到達西天大雷音寺的唐僧師徒感到憤憤不平。遭受如此艱難困苦，竟然只得到一堆空空如也的無字天書，如來佛憑什麼不願讓大家心滿意足呢？時至今日，我恍惚有些明白了，原來種種磨難都已融入了唐僧師徒的身心，他們的一舉手一投足一言一行全是經文。讀萬卷書需行萬里路，唐僧師徒歷經艱辛所獲得的感受感悟，又豈是任何書寫出來的經文所能表述的呢？一個人肉體精神對磨難的感受，通過磨難所獲得的體驗與境界的提升，這才叫實踐出真知嘿！

　　書是人類發展進步的陽光大道，若沒有書傳輸給我們的知識以及這些知識打開我們眼界與心竅，即便有眼睛，也如同在黑暗中像無頭蒼蠅般辨不清方向。對雙目失明的我來說，書的作用更加不可替代，若沒有書，沒有優秀作家的優秀作品，我恐怕至今仍在痛苦絕望中難以自拔。

　　我是學醫的，通過大量盲文醫學書籍，很快便熟練掌握了中醫推拿治療手法，自失明以來已為數萬人次進行過義務推拿。在給病人解除病痛的同時，我還通過病患瞭解社會，為日後的寫作積累了豐富的第一手素材。

　　小說【鋼鐵是怎樣煉成的】，是我們那個年代青少年最愛讀的書之一，這本書現如今又讓墮入黑暗的我找到了戰勝黑暗的信心和勇氣。奧斯特洛夫斯基的寫作方法給了我啟發，我找來廢舊 X 光片，請家人幫助刻出空格，將稿紙墊在 X 光片下，摸索著用鉛筆在空格下的稿紙上書寫。寫完請母親幫助謄清，由父親校對後，請弟弟幫忙寄給報刊雜誌社。

　　1982 年，也就是在我失明的半年後，當時在全國文學刊物名列前茅的青春雜誌刊出了我的第一篇短篇小說【靜靜的蛇殼】。之後我陸續在國內外報刊上發表了百餘篇散文短篇小說。我的散文【大運河畔的初戀】，於 2003 年榮獲南京文聯舉辦的第 3 屆金陵文學獎，報紙刊物都給與熱情的報導。

　　然而僅靠盲文圖書以及家人朋友為我朗讀，遠遠不能滿足我的閱讀要求，要想打開思路寫出更好的作品實屬不可能。

　　天無絕人之路，2003 年夏，我從廣播裡聽到，南京殘聯在盲校開辦了盲人電腦培訓班。於是我想方設法報上了名，通過一個月的培訓，我終於能熟練使用載入了陽光語音軟體的電腦。互聯網為我打開了新天地，網路公益圖書館數不勝數的各類圖書讓我興奮的難以自已，我的讀書願望得到了空前的滿足。那段日子裡，我每天幾乎通宵達旦在電腦上讀書，飯可不吃覺可不睡，書絕對不可不讀。我讀書涉獵很廣，除了酷愛的文學圖書，歷史、政治、、軍事、社會人文、醫學、經濟、體育文藝、天文地理動植物、甚至服裝園藝廚藝等，只要是書我沒有不讀的。如：中國古典名著；茅盾文學獎所有獲獎作品；明恩普的【中國人的素質】；柏楊的【醜陋的中國】；克勞塞維慈的【戰爭論】；傑克‧倫敦的【海狼】；易蔔生的【培爾‧金特】；狄更斯的【遠大前程】；列夫‧托爾斯泰的【懺悔錄】；尼‧伊‧雷日諾夫的【大國悲劇】；西蒙‧波伏娃的【第二性】等……。粗略算起來，自學會使用電腦以來，我差不多讀了3 千多本各類電子圖書。

　　我讀書的目的，除了讓生活變得豐富多彩，同時也為了寫出更好的作品。想寫長篇小說，是我夢寐以求的夙願，學會電腦終於能讓我夢想陳真了。經過四年在鍵盤上不謝的敲擊，我於 2004 年由江蘇文藝出版社出版了第一本長篇小說【石砣砣的風】，並榮獲第6 屆南京文藝獎。小說問世後，在社會上引起很大轟動。省內外報刊廣泛刊出對我的採訪報導，各大網站紛紛予以轉載，一瞬間我成了南京小有名氣的人物。中央電視臺新聞頻道、江蘇衛視、江蘇教育台、南京新聞綜合頻道、南京生活頻道、以及金陵之聲廣播電臺等媒體都對我做了訪談節目。除此之外，許多大學、中小學、軍隊院校機關、以及社區街道都紛紛邀請我現身說法做演講，用以激勵人們不畏艱難積極奮鬥，愛國愛人愛生活，為社會作出貢獻。

　　讀的書越多，寫小說的熱情就越高，寫出來的作品自然就越好。我於 2007 年由江蘇文藝出版社出版了第二本長篇隨筆文集【黑暗與光明同在】，並榮獲第 1 屆全國盲人文學獎，第 7 屆金陵文學獎。同年加入江蘇作家協會。

　　由於讀書涉獵面廣，所寫出的小說自然也隨之涉及各個領域。我於 2010 年由江蘇文藝出版社出版了第三本長篇小說【千秋夢歸來】，並榮獲第二屆全國盲人文學獎；第 8 屆金陵文學獎。

　　隨著閱讀水準提高，我的寫作也上了臺階。通過網路我與臺灣秀威出版社聯繫，於 2014 年春出版了長篇散文集【光明永在——看不見的盡頭還有愛】。真沒想到，我也為兩岸文化交流做出了一份貢獻。

　　讀書給了我無窮的力量，我的創作欲望一發而不可收拾，經過三年的勤奮筆耕，我的第五本長篇小說【五心朝天】於 2015 年 9 月，由北京求真出版社出版。並榮獲第一屆浩然文學獎入圍提名。

　　黑暗中路茫茫，但只要有了圖書，有書中豐富的知識與啟迪心靈的思想精神源泉，燦爛的陽光就永遠照耀著我前行的道路。

2 用答錄機寫作

　　失明之後，我的寫作曾經是用聲音進行的，至今已累積了二十多年的經驗，其間的酸甜苦辣，只有我自己知道。雖然我現在可以隨心所欲的在電腦鍵盤上敲擊，通過電腦創作出洋洋幾十萬字的長篇小說。可是假若沒有先前的艱難困苦，我可能無法體會到現在創作所帶來的滿足。

　　我很懷念將自己的心血用聲音記錄在磁帶上的那段日子，口頭語言和書面語言完全是不同的兩個概念，即便是那些語言大師，或相聲演員，也不可能直接通過語言完成創作。他們首先需要背誦文字創作出來的腳本，熟記在心之後才能登臺表演，才能讓觀眾喜笑顏開。可想而知，再有語言天賦，也無法直接用說話的方式創作文學作品。

　　我開始錄製的磁帶，聽起來是會令人起雞皮疙瘩的，根本表達不出我的思想感情，更達不到文學創作的需要。後來，經過反反復覆的嘗試，我最終掌握了磁帶錄音的要素。

　　在錄音之前，你就必須構思好需要創作的內容。每一個人物，每一個情節都必須想深想透，必須力圖完美。這樣，一開口就會像水流一樣，源源不斷的流淌，不至於詞不達意、言不由衷。

　　此外，寫作時需要情感的參與，文學作品更加是一種有血有肉，富有情感的文字表述。所以我錄音時必須調動臉部的表情，必須聲情並茂，方能寫出打動人心的作品。面對答錄機，我時而笑、時而怒、時而愁容滿面、時而眉眼舒展酘酘假如那時有人進來瞧見，准會認為我的精神出了毛病。

就這樣，我在錄音磁帶上創作了不少短篇小說、散文。通過答錄機創作出來的文學作品，一般都很容易琅琅上口，因為其間經過了多少次的反復叨念，付出了口乾舌燥的代價，哪怕你是一個口舌拙笨的人，無數次磨練後，一定也會讓你變得巧舌如簧。

3　電腦為我打開了一扇門

　　2003 年夏天，正值酷暑之際，南京殘聯舉辦了一期盲人電腦培訓班。這個消息對我來說，簡直是天大的喜訊，因為當時我正在為寫作小說時所遇到的困難苦惱不已。

　　可當我趕去報名時，卻被當頭潑了一瓢冷水，每期只限定招收十二名學員，人數已經滿員了。然而峰迴路轉，我弟弟找到殘聯負責培訓的人，恰巧其中一位學員又因故不能前來就學，我便順理成章的替補上去了。

　　電腦班設在南京盲校內，不足二十平方的機房裡，擠擠挨挨排滿了十二台電腦，一台窗式小空調對 15 為老師學生 12 台電腦散發的熱量來說，作用基本等於零。我們擠在房間裡，簡直就像洗桑拿，學員老師個個大汗淋漓。

　　南京這個大火爐名不虛傳，在三個星期的時間裡，老師和同學們紛紛中暑。然而盲校老師教得認真負責，我們這些盲人學員學的刻苦努力，終於圓滿完成了學習任務。我在英國留學的侄兒正好放暑假，他可是個名副其實的電腦高手，手把手教會了我很多盲校老師沒有教的操作技巧。

　　盲人電腦主要依靠語音軟體，那個軟體可以按照你在鍵盤上的敲擊，發出語音提示。你可以根據提示進行操作，在電腦上完成文字輸入、上網流覽和收發郵件等與正常人差不多的工作。

　　說起來簡單，一個對電腦一無所知的盲人，要想在短短的三個星期內完成基本的操作訓練，談何容易呀！

　　由於滑鼠的使用必須倚靠螢幕顯示，所以我們盲人根本無法使用滑鼠，只能依靠鍵盤進行操作。一百一十七個鍵，必須牢牢熟記於心，這樣在操作時才可能得心應手。當然其中也有竅門，你必須先摸准 F 和 J 這兩個有突起標誌的基準鍵，如此就可以上下左右按照排列順序尋找到所有需要的建了。然後還得學習電腦數位規律，學習各種快速鍵的用法。還是那句話，功夫不負有心人，反反復複的操作練習之後，我們盲人也可以和正常人一樣運用電腦這個現代高科技工具為自己服務。

　　掌握電腦之後，我的創作立刻有了一個飛躍，長篇小說〈石砣坨的風〉最後就是利用電腦完成的。現在我可以隨心所欲在電腦上流覽網頁，可以全方位尋找所需資料，可以暢所欲言和網友們高談闊論。可以尋找到自己的知心朋友，哪管天涯海角，只需一封 e-mail 郵件或上 QQ 群，就如同咫尺之間讓我們彷彿面對面一樣傾心交流。

　　自學會電腦以來，我不僅可以天天流覽最新國內外消息，還在網上閱讀數千測圖書，讓生活變得更豐富多彩。值得驕傲的是，我已經出版了 5 部長篇作品，得到了廣大讀者的認可。電腦為我翻開了新的一頁，給了我另一種積極面對人生的態度，就像一扇為我打開的大門，帶著我走進了另一種全新的生活。

4　快樂家庭

　　我今年已經六十多歲了，按照通常的說法，我已然抬腳跨入了老人行列。隨著物質生活品質的提高，社會服務的周到，人們的生存狀態一年更比一年優越，社會變成老人的樂園當然就是一種必然的趨勢了。

　　我們也是一個三口之家，然而和大多數三口之家不同的事，我父母都達耄耋之年，我也算年輕的小老頭兒，我們全家的平均年齡竟高達 75 歲。

　　不過老雖老，我們家卻從來沒有缺少快樂，歡聲笑語每天都蕩漾在我們家的各個角落。

　　我們當然明白自己的年老體衰，當然感覺到自己的身體被疾病折磨時的痛苦，正因為如此，我們才更加需要快樂，才懂得笑聲對我們的重要。多年來，我們達成了一個共識，所有會讓我們不愉快的話題，通通都在被禁忌之列。一旦哪個無意之間提起不愉快的話頭，其他人便會下意識的打岔，轉移話題，讓天空的陰雲轉眼間散去，讓快樂的陽光重新照耀我們的心靈。

　　除此之外，我們只要有空，也會外出遊玩，雖然我們不能像年輕人那樣遠足，不能登高涉水，可是在南京城周邊走馬觀花，讓自己身處蓬勃發展的城市裡，身處喜笑顏開的人流中，我們自然會被感染，自然可以感悟到熱愛生命的意義。

　　生活對每個人是絕對公平的，儘管大家都渴望多活幾年，可疾病意外隨時會奪取我們的生命，誰也不能預料自己的命運。可是有一點我們完全可以做到，活得開心一點，活得充實一點，讓生命少一點遺憾，只要我們付出真誠，付出善良，付出自己的愛，那麼你一定會笑臉常開。有人說，生活就是一面鏡子，你對鏡子笑，鏡子就會對你笑。反過來，你成天對著鏡子愁眉苦臉，鏡子裡的你怎麼能有笑容呢？

5　在落差中感受人生

　　2004 年，我的長篇小說出版，忽然間吸引了外界的注意，大家都好奇：雙目失明的人如何寫出二十萬字的長篇小說呢？

　　新書發佈會後，南京電視臺一位記者到家中採訪。他一進門就對我九十度鞠躬，經我父親告知，我慌忙點頭哈腰還禮。我覺得受寵若驚，電視臺記者對當時的我真的很權威，所以我誠惶誠恐唯恐人家不滿意。

　　第二天，記者帶來了同樣年輕的一位攝影記者，他們喧賓奪主在我家整理佈置，還要我擺出各種造型，左一組、右一組進行拍攝。他們說這叫試鏡頭，是為了讓我們適應面對正式攝影時能保持自然狀態。我的父母久經沙場，再大的場面也不會慌張失措，面對鏡頭談笑風生、安之若素。我開始雖有些緊張，可是眼不見為淨，不久後也變得從容不迫，很快就正式開拍了。

　　記者一面和我們對話，一面從各個角度拍攝我們的生活場景，甚至連我母親做飯的場面也不放過。我是主角，從一開始寫作使用的工具，到後來使用的答錄機，以及現在對我無比重要的電腦，都成為道具，忙了一天，記者們終於心滿意足的離開了。他們說，最後要在電視臺攝影棚裡做一次正式的採訪，那個場面才是決戰時刻。

　　那天我弟弟陪著我和父母一同來到南京電視臺，那次節目的男主持人在南京小有名氣，他操著渾厚的男中音，頓時讓我們心裡充滿了暖意。他和我談從前的金色年華，談人生，談文學…。突然間話鋒一轉，他問我現在最渴望得到的是什麼？我想也沒想脫口回答：「當然是重見光明啦！話音未落，我心裡覺得一陣感傷，光明對我再也不可能了。直到這時，我才明白主持人就是要我產生這樣的感覺，在巨大的反差裡感覺生活的坎坷，以及對光明的渴望。

　　訪談節目播出之後，朋友紛紛打來電話，說看到我在鏡頭前那樣感傷，他們更加為我的自強不息而感動。而我更從中體會到另一種人生的慨歎，只有經歷痛苦，才能真正體會到苦盡甘來時的幸福。

6　艱難時出現真朋友

人們常常說：「失敗是成功之母」。對我來說，還應該加上一句：「朋友是成功之父」。這句話絕不是開玩笑，在我走進黑暗之中、在我的成功之中，每一步都少不了朋友們伸出的手。

我有一位從小相識的朋友，幾十年來一直在關心我，尤其是在我失明之後，他對我的幫助更讓我沒齒難忘。這位朋友是學哲學的，對歷史上的名人也很有研究，只要是休息日，他必來看我，用那些名人在艱難困苦中的奮鬥精神鼓勵我。在他的講解之下，那些名人的成功經驗，為我的自強不息添加了一把火。

除此之外，這位朋友還經常找來好書為我朗讀，在他的讀書聲中，我的眼前彷彿又打開了一扇窗戶。即便有時他因為工作繁忙來不了，還會用答錄機將好文章錄製下來，那些磁帶就成為我不可或缺的精神食糧。

幾年前，這位朋友因高血壓，再加之工作太勞累，不幸突發腦溢血。我聞訊急忙找人帶我去醫院探視，撫摸著朋友變得僵直的臂膀，聽到他含混不清的話語，我覺得自己的心像是被一隻無形的手緊緊揪住了。那位朋友斷斷續續的說：「我也許再不能為你讀書了」。這句話終於讓我的淚水奪眶而出，人生在世，能交到這樣的好朋友，何憾之有！人在落魄時才能看清，誰是酒肉朋友，誰是患難之交。

在最黑暗的時候，陪你一起等天亮的才是真朋友。

還有一位朋友，是自我失明後才加深了友情。這位朋友對我從來沒有任何要求，只要我開口，他二話不說，無論大事小情，總是竭盡所能給我最大的幫助。後來有人告訴我，他的母親癱瘓多年，床邊也少不了他，有很多次我都是將他從母親的床邊叫走的。然而這位朋友卻從來不曾對我說起過自己的困難。

一個人在世上少不了朋友，可是朋友需要用心交流，拋開利害關係、真誠付出，像沙裡淘金，仔仔細細的篩選，終會像基因比對那樣出現不可取代的朋友。

7 「校友」讓我永遠年輕

每到年底，男女老少各色人等，紛紛以校友的名目設宴聚餐。

我也有許多校友，可是失明帶來的自卑，將我隔離于校友這個圈子之外，混到這個地步真讓我無顏見江東父老。不過「校友」這個詞從來就沒有在我心裡消失，那金色的年華，青春的歲月，都和校友緊緊地聯繫在一起。我們的記憶就像一本自己書寫的日記，校園生活永遠是這本日記裡最生動精彩的一篇。

我弟弟看出我的心思，背著我暗暗聯絡了我的中學同班校友，約他們春節來接我共用校友聚會的歡樂之情。

那天一大早，我弟弟安排車輛帶我返回揚州，並讓我的同學們早早聚集在酒店等候。我剛跨進包間，二十多位幾十年未曾謀面的老同學一擁而上，笑聲叫聲不絕於耳，充斥了我一向靜寂無聲的心房。他們熱烈的和我擁抱，握手捶背捏耳朵，剎那間鬧得樂不可支。

我塵封多年的孤獨寂寞忽然間被這熱辣辣的友情融化了，淚水奪眶而出，痛苦委屈化為淚水，衝破了自我封閉的黑暗牢籠。閉關自守自憐自愛像一張蜘蛛網牢牢捆綁住我的手腳，讓我坐以待斃，失去了愛著我的朋友們，和我本該享有的快樂幸福。

他們親熱的話語像春雨一樣灌溉著我的心田，同學間還像幾十年前一樣無拘無束，校友這個詞，讓我們永遠朝氣蓬勃。雖然我知道他們也已兩鬢雙白，臉上留下歲月的滄桑，他們的生活也一定有著很多坎坷，可話語聲中卻全是對我的關愛。幸虧我什麼也看不見，失明反倒使我永遠生活在那個年輕時代，我心目中的校友們似乎永遠不會衰老。

那天我喝了一杯又一杯，話說了一句又一句，真是千杯萬盞喝不夠、千言萬語說不盡。除了敘舊，同學們紛紛指責我，說我沒有將他們看作朋友，遭受如此磨難居然不願接受他們的幫助。是啊，我太自私，自己的困難拿出來，就是給朋友一個機會。我喝醉了，是校友們保留在心底的那一份青春時代的友誼讓我深深的陶醉。

8　最後一輪中秋之月

　　又到了中秋之夜，又到了看月亮的時節，可我再也無法遙望那一輪讓人浮想聯翩寄託親人思念的明月了。不過，我心中還有一輪明月，32 年前，我將最後看見的那一輪月亮留在了心中。

　　那一年的中秋之夜，人們以家庭為單位，各自為政從不同的場所和角度，將目光鎖定於那一輪皎潔圓潤的月亮。我與前妻靜靜地坐在窗前，一輪明月從厚厚的雲層中徐徐走出，我們卻在原本應該屬於圓滿和諧的中秋月光下，將婚姻做了澈底了斷。

　　月亮在雲層的烘托下，顯得格外柔和，格外輕盈飄逸。好似雲兒托著月亮，在星夜悠悠飛翔，又像月亮帶著雲兒翩翩起舞。桂花盛開，漫天都是清淡的月光和濃郁的芬芳，似乎那沁人肺腑的香味兒就是從月亮裡桂花樹上散落人間。

　　遠處樓上，幾個年輕單身漢在觀看電視轉播球賽，解說員聲情並茂慷慨激昂的解說，單身漢們情不自禁地吶喊，混入這片原本靜謐的夜色。

　　更遠的地方，隱隱約約飄來斷斷續續悠揚的竹笛聲，好像是“彩雲追月”。水一樣平靜的月光，伴隨秋風送來的花香，夾雜著笛聲吶喊聲，將我們帶入了另一片似有若無的世界。彷彿煩惱痛苦喧鬧都被這一片寧靜的月光消融殆盡，彷彿我們共用的月光正用溫柔的手撫慰我們受傷的心靈。

　　32 年過去了，每年的中秋之夜，我都會情不自禁舉首仰望，竭力想尋找回那一輪皎潔的明月。我當然什麼也看不見，那一輪明月早已從我的視野中消失，黑暗籠罩了整個天空。

　　然而我從未放棄對月亮的追求，我的心中仍然保留著 30 年前中秋的月夜，輕薄如水的月光、濃郁芬芳的花香、單身漢們的吶喊、悠揚動聽的笛聲，永遠成為我對中秋月夜的記憶。

9　人生的收穫

　　我的生日在十月，這是一個豐收的季節，是一個成熟的季節。一轉眼已經度過六十四個生日，我到了收穫的年齡，也應該嘗到成熟的滋味了。

　　說說容易，可是回首往事，每一步都是那樣的艱辛，每一腳都走得那樣蹣跚，收穫真的來之不易呀。

　　三十二年前，一場大病奪去了我的雙眼，從此我就開始了崎嶇漫長的黑暗之旅，開始走另一條尋找光明的道路。世界並沒有因為我的痛苦而萎靡不振，社會也沒有因為我的失明而變得暗淡冷漠。在社會的關愛中，在親朋好友們的無微不至的呵護下，我開始了文學創作的第一步。起初我的家人和朋友們幫我找來 X 光片，用小刀刻出一道道橫格子，我將稿紙店在下面，摸索著用筆在各自內書寫。後來改為用答錄機口述，再後來參加了南京殘聯舉辦的電腦學習班，這才開始了真正意義上的文學創作。

　　三十二年來，從第一篇短篇小說“靜靜的蛇殼”，到剛剛出版發行的長篇小說“五心朝天”，其間的艱難困苦無需多說，我終於從忙忙黑夜中走了出來。還能說什麼呢，墨香已經讓我陶醉，祝賀已經讓我看到了光明。還能說什麼呢，滿足已經溢出了新房，已經化作文字向關愛我的親人朋友、向溫暖的社會表達感激之情。

　　我的兩鬢已經沾染了點點白霜，挺直的脊背也開始有了弧度，猛回首時，才發現原來走過的竟然是一條筆直的道路。那些坎坷曲折居然沒有了半點蹤影，其實人生不過是時間的移動。時間是絕對公平的，就像圍繞地球的赤道，無論戰火或是貧窮，無論天災或是人禍絕對不可能讓赤道移動一絲一毫。時間就是上天的執法官，不會因你的痛苦和後悔耳多給你一分一秒，也不會因你的懶惰和無聊而少給你一分一秒。我們所謂的度日如年或人生苦短，其實只是我們的無奈，只是我們對自己欲望的不滿足而已。再換個角度看看我們的曲折和坎坷，在同樣的時間內，這些曲折和坎坷反而成了我們的財富。時間一樣，而我們卻多走了路程，難道不應該為這些多出的路程而感謝上天嗎？難道我們沒有從曲折和坎坷中汲取到經驗教訓嗎？

　　已經是夜半更深，南京城也已經是萬家燈火，我雖然看不見那一片喧鬧如白晝的夜南京，心中卻充滿了幸福和歡樂。我的手指在鍵盤上不停的敲擊，電腦讓我重新和世界緊密相連，讓那個五彩兵分的精彩世界重新展現在我的面前。什麼也不用說了，只能用我的心來描繪世界，只能用我的快樂來感謝世界，只要你想站起來，總會有一隻手伸向你，希望所有和我一樣想站起來的人都得到真正的快樂。

10　耶誕節簽名售書

　　2005 年耶誕節之際，應南京書城的邀請，我來到這家南京最大的圖書零售點，為我的長篇小說：石砣坨的風"舉行簽名售書。能有這樣一個機會和讀者面對面進行交流，是我求之不得的，可同時心中又有些忐忑不安，讀者們對我到底是個啥態度呢〉

　　為了介紹我的寫作是在怎樣艱苦的狀況下完成的，書城請我將電腦也帶來了。對一般的讀者來說，應用語音軟體的確是一件新鮮事。一個盲人，依靠這個可以合成語音的軟體，居然寫出幾十萬字長篇小說，當然算一個亮點了。還沒到開始時間，偌大的會議室已擠滿了幾百位熱情的讀者。主持人告訴我，甚至連門外的走廊裡都站滿了讀者，這讓我放下心來。那麼多讀者熱情支持，說明我的艱苦奮鬥沒有白費，這就是讀者給我的最好回報。

　　我在鍵盤上快速敲擊著，當話筒裡響起："歡迎你們，我最親愛的朋友們。"時，所有的讀者朋友們立刻鼓起掌來。那掌聲熱烈而持久，分明代表了他們發自內心的感動和欽佩，分明代表了他們對我最真摯的祝福。

　　我首先介紹了自己對文學的熱愛，和失明之後文學對我的激勵，以及為了擺脫黑暗的困擾，自己怎樣進行文學創作的過程。大家聽得聚精會神，會場裡鴉雀無聲，只有我的聲音在會場裡迴旋。

　　忽然從門口沖進一個人，他完全不顧聚精會神聽我說話的讀者，一步跳上了講臺。非但如此，他不顧三七二十一竟然一把抱住我，連連叫道："大軍，大軍，我可找到你了。"我大吃一驚，如此不顧場合冒冒失失和我作擁抱，這是怎麼回事啊？然而當他結結巴巴說出自己的名字時，我禁不住也鼻子發酸熱淚盈眶，原來竟然是我三十年前一位最最要好的戰友。沒想到他從報紙上看見關於我簽名售書的消息後，直接來到會場，這才有了這次久別的重逢。他緊緊抱住我，激動地泣不成聲，讓我的眼淚也奪眶而出。

　　待他恢復正常，開始向大家訴說起幾十年來尋找我的經過，為了找到我，他不知道問過多少熟人，可我像是人間蒸發了一般完全沒了音訊。這次他無意中看到了報紙，真有如天助，使他和我相聚于南京書城。大家都被這一段意外相逢所感動，不約而同鼓起掌來，戰友之間深深的情懷怎能不打動每一顆善良的心呢？

　　首先請我簽名的是一位母親，她帶來了自己十三歲的兒子，沒想到它兒子竟然也是個雙目失明的盲童。母親想要我鼓勵失明的孩子，讓孩子能在黑暗裡走的順利一些，我在書頁上寫下了："生活不相信眼淚。"然後我握住孩子的小手，囑咐他到盲校去學習電腦，一個盲人有電腦作朋友，一定能打開眼界，能創造出屬於自己的一片天空。

　　要求簽名的讀者排了長長的一列，我應他們的要求寫下不同的話語，每一句話都是我發自內心的感激之情。雖然我由於看不見，字寫得歪歪扭扭很不規範，可是讀者們都再三感謝我，並且紛紛和我緊緊握手。她們顯然都被我的自強不息感動，他們都向我祝福，住我身體健康，住我寫出更多更好的作品。最後是一位殘疾運動員的教練，他一下購買了十幾本書，要求我分別寫上不同的話。寫完後他還要求和我合影，說要將書和照片一起送給他的運動員孩子們。讓孩子們向我學習，做生活的主人，做一名堅強的戰士。

　　簽名售書一直持續了很久，我沒有細數到底簽了多少本書，那還重要嘛？我和讀者朋友們新與新的交流，情與情的互動，就是我寫作的目的。

11 黑暗中學會行走

　　由於失明，我的行動受到很大的限制，一個人無法外出，只有在家人和朋友的幫助下才能出門。但我不甘心，既然其他的盲人們為了生活，為了追求快樂能拄著盲杖來往於大街小巷，我為什麼就不行呢？

　　小孩子學走路最主要的是掌握平衡，我學走路卻需要辨清方向，需要牢記路途上的每一個特殊標誌，需要正確數出每段路程所需的步數。

　　家人朋友走在我的身邊，每當路上有明顯的拐彎或特殊的路標時，他們就提醒我記住前一段路程所走的步數。大家看盲人走路，都以為他們僅靠感覺就能健步如飛。其實他們是靠心在行走，他們的心理不停地在計算在預測，每一步都需要付出很大的精力。

　　一來二去，我漸漸掌握了行走的要領，而且對需要經常行走路途上的特殊標誌也能熟記於心了。我甚至還能靠鼻子耳朵尋找路線上的標誌，哪家的飯菜什麼味道，哪家的小孩在練習鋼琴，這些都成為引導我的特殊路標。

　　經過一段時間的訓練，我終於可以自己去離家兩三裡遠的醫院為病人義務推拿治病了，一個人拄著盲杖行走感覺真好。然而事情並非那麼簡單，上班時我的精力充沛，走路顯得穩健利索，一般不會出錯。可下班時就不同了，由於在一個班裡需要推拿十多個病人，體力透支後無論體力還是神經都很難保持上班時的狀態。。

有一次，我離開醫院回家，走著走著竟然糊裡糊塗拐入了一塊正在開挖的樓房施工現場。手中的盲杖忽然戳了個空，我收腳不及，一個跟頭就栽進幾米深的溝中。溝裡積滿了污泥濁水，我費盡氣力爬出水溝，叫了半天才來了個過路人扶我回到家。那次摔得夠慘，弄一身泥水不算，我的右小腿竟然被摔成了骨裂。

吃一塹長一智，現在我走路時小心多了，沒有把握就站住仔細觀察揣摩，非得搞清楚所在位置和方向才邁下一步。一個盲人在黑暗裡行走確實很困難，可是如果害怕困難就止步不前，那這個困難就變成永遠的困難，你就永遠不會有前途。走路是如此，做人也是如此，任何事情都是如此。

最後還想說幾句關於盲道的話，我們盲人行走在有特殊標記的盲道上真的非常方便，但肆意放在盲道上的攔路虎卻讓我們吃盡了苦頭。比如一輛自行車、一筐青菜、甚至一架賣餛飩的小板車，准會讓我們摔個頭破血流，希望全社會都為我們打開一條真正的祕密頻道。

12　黑暗中的形象管理

　　記得小時候在幼稚園，做過一種遊戲，用手帕蒙住眼睛，靠聽覺和觸覺尋找那些東躲西藏的小朋友。失明之後，我永遠留在那個遊戲裡了，靠聽覺觸覺嗅覺和第六感官，在茫茫的黑夜裡尋找著生活中所需要的一切，幼時用手帕蒙住眼睛是為了玩耍，如今不得已在黑暗中摸索是為了生活，所有的衣食住行都從視覺轉換成聽覺、觸覺、嗅覺的替代方式進行，那是有些正常人不能理解的痛苦了。

　　拿穿戴來說，我原是重視體面的人，牢記著「人靠衣衫馬靠鞍」的格言，深怕穿戴邋遢讓人覺得不夠體面。然而我失明的初期，簡簡單單的穿衣戴帽卻成為我的一個難題。雖然別人因我的雙目失明而網開一面，可是我總覺得無地自容，由於看不見障礙物，衣服經常被沾染上一塊塊瘀斑，經別人提醒而覺得心裡像塞了塊髒抹布一樣難以忍受。有時扣錯了紐扣，衣服就會變得歪歪斜斜，怎麼拉扯也無法熨貼。除此之外，我也曾誤將兩隻不同顏色的皮鞋作一雙穿了，引得旁人掩口偷笑。

　　後來逐漸適應了黑暗中的生活，學會了整理自己的衣服，首先需要將自己所有的衣服歸類，春夏秋冬，外套、內衣，都必須一一按照順序放置妥當，這樣拿起來就會搭配合適，再也不會弄錯了。我也養成了經常洗衣服的好習慣，不管衣服髒不髒，每隔三、四天必須洗一次，所以見到我的人都說我乾淨光鮮。我的鞋子基本上都是一種顏色，這樣即便穿的不是同一雙，也不至於鬧出大笑話來。心裡有個數，凡事先做準備就不怕萬一。

其實無論做什麼事都是靠專心致志，失去了眼睛，我腦中的畫面就像一面鏡子，時時觀想自己的模樣，以及身處在怎樣的環境，有一個完整的格局在鋪排，從未忘了我的角色和位置。

13　盲人的住家起居

　　每個人都有自己的家，盲人們也不例外，可是對一個失去眼睛的人來說，住家生活則需要澈底改變許多先前慣用的習慣。

　　後天失明的人必須經過定向定位的訓練，否則就很難在居住環境裡正常生活，就會遇到許多出其不意的傷害。我失明初期就是如此，那些家具擺設全變成了障礙物，使我的行動受到很大的困擾，甚至還會撞得我鼻青臉腫狼狽不堪。這是因為我沒有受過定向定位訓練，所以在轉來轉去之後就不知所在的方位，那些原先定位的家具就變成一隻隻攔路虎，冷不防就會咬你一口。

　　後來我學會了掌握方向的能力，就是限定好東南西北，接著開始轉圈子，無論怎麼轉來轉去，最後站穩腳跟時一定要知道自己面對的是哪個方向。這需要很強的平衡能力，一個沒有經過訓練的人，通常轉幾圈就會暈頭轉向，甚至很難站穩腳跟。

　　經過這樣的訓練，我好歹能變清方向了，這樣一來家裡的擺設就對我構不成威脅，我在房間裡就可以行動自如了。另外盲人的行動一定要儘量放慢，尤其在轉彎或上下樓梯時更要小心。我剛失明時總想跟從前一樣疾步如飛，其結果往往變得慌不擇路，造成了很多本來可以避免的傷害。有一次下樓梯時，我還沒摸著扶手就急忙跨步，結果一個狗吃屎一頭栽下了樓，摔掉了一顆大門牙。

　　雖然現在經過訓練，但意外情況也會發生，所以思想必須始終保持高度警惕。有一次，我早晨起床慌慌張張端了隔夜的大半杯茶渣，順手就往花池裡倒去。不料我家養的花貓正在花池裡呼呼大睡，也許正在做黃粱美夢呢。可憐它做夢也沒想到我會劈頭倒它一杯茶汁，嚇得這傢伙怪叫一聲，跳起老高竄出了花池。我當然更沒料到花池裡竟然會發出這樣駭人聽聞的慘叫，驚得一個仰八叉跌倒在地。這一下摔得不清，手中的茶杯脫手而出摔得粉碎不算，我的屁股似乎摔成了八瓣，痛得我坐在地上好久沒能爬起來。

　　摔跤是人生必須經歷的，是我們鍛鍊成長的必修課，俗話說，摔個跟頭撿個元寶，通過痛苦的磨練，我們才能變的老城練達。時至今日，我失明已經 30 多年了，現在無論走路還是上下樓梯都健步如飛，和正常人差不多了。非但如此，我還親自動手打掃衛生，有朋友來了都說我家裡窗明几淨，只有我自己知道，其中包含著多少痛苦的磨練阿！

14　學會吃飯做飯

　　至於吃飯，對我們盲人也有特殊的要求，人們不是常常說摸著黑吃飯會吃到鼻子裡嗎！尤其是咱們中國人，使用筷子挾菜，在老外的眼裡簡直就是一門藝術。憑著兩根細長的小棍兒，就可隨心所欲將碗盤裡的菜肴不偏不倚地送進嘴中。不過在做這些動作時，必須眼睛的參與，你閉上眼睛試試看，竹筷子上挾著的菜准會弄你個滿臉開花。我失明之後，家人勸我改用不銹鋼勺子，因為那樣不至於弄出笑話將飯菜弄得到處都是。

　　我對筷子情有獨鍾，從小到大使用慣了，怎麼也捨不得放棄那兩根細長的小棍兒。當然我使用筷子必須小心翼翼，絕對不可能像眼睛能看見時那樣，用竹筷子將麵條高高挑起，輕鬆一甩就送進口中。我必須將嘴和碗盤的距離靠得很近，如此近距離傳送，一般來說不至於中途失手。不過這樣也有不方便之處，我有時不得不彎腰低頭，盡量湊近碗盤，別人看我就像個大蝦米似的。後來我的動作漸漸熟練，嘴和碗盤的距離也越拉越遠，現在基本和正常人所差無幾。我的手感很好，竹筷子夾住小小圓圓的花生米或豆類毫不費力，甚至一筷子能夾住好幾粒呢。使用筷子主要是靠手指的協調動作，哪個手指用多大的勁兒，都需要極其細微快速的判斷反映，稍微遲鈍就會功虧一簣，即將到嘴的美味佳餚轉眼間就可能旁落別處。

　　除了怎麼吃，還有一個吃什麼的問題，對盲人也是需要考慮的。如今我們的餐桌上琳琅滿目，不需花多少錢就能大飽口福。可是對一個盲人來說，有許多東西想吃到嘴裡非得花一番功夫，否則只能垂涎三尺望而興歎。比如吃魚，魚當然是營養價值最高，味道最鮮美的食品，可是那些尖利的魚刺卻是我最難對付的。每當吃魚時，我都需要先將魚分成小塊兒，這樣那些大些的魚刺就會暴露，用嘴咬住即可以分離，剩下小魚刺就比較容易對付。

　　我最頭痛的是到飯店吃飯，大家圍坐一桌，筷子都伸向菜盤，我就會顯得很尷尬，看不見盤子裡的菜肴，你怎麼能將筷子亂戳一氣呢。好在大家對我關懷備至，每次都會專門為我準備一隻小碗，用公筷將菜肴挾進小碗內，我只須在小碗裡狼吞虎嚥即可。現在好多了，參加活動如有參會，大多採用自助餐形式。每人一份，吃多少拿多少，既衛生又方便節約，對我們盲人則更感覺輕鬆自如。

　　除了吃飯，還需要會做飯，雖然現在超市里什麼樣的食品都有，冷凍的、真空包裝的、直接可以進口的和半成品的，即使再笨蛋也可以毫不費力地吃個肚滾腰圓。不過做飯是人生的一門基礎課，通過這個過程可以瞭解到實物怎樣才能變得色香味俱全，可以瞭解到飯菜的來之不易，也可以從中獲得自食其力的快感。我當年入伍時曾經在連隊裡炊事班幹過，所以對廚房裡的設備和操作還有一點基本知識，可是失明以後那些先前的動作要領竟然變成了一團糟，必須從頭來過。首先是刀工，切菜是一門藝術，無論是素菜還是肉類，切出來必須厚薄長短均勻，必須根據你所做的菜肴加工成片狀塊狀或絲條狀。不僅要切得符合標準，還要有速度的保證，否則一盤菜你切上一整天，不等吃到嘴裡早餓死了。然而這可不是鬧著玩的，飛快的刀鋒眨眼間就可能切斷你的手指，所以一開始我必須小心謹慎，要掌握好刀刃的方向，儘量將刀刃朝向外側。同時按住菜的手一定要突出中指關節頂住刀的側面，這樣刀鋒與手指之間形成固定的間距，即便速度再快也不會切傷了手指。母親自然很不放心，所以我儘量在他們出門時進行練習，那些蘿蔔土豆南瓜白菜在我的手裡逐漸變成了像模像樣的蘿蔔絲土豆條南瓜片白菜塊。殺雞斬魚剁排骨，也是我的拿手好戲，通過這樣的鍛鍊，我的手更加靈活自如，這是我今後生活所必需的。

　　炒菜也是一項需要手腦配合的工作，沒有眼睛，腦袋就更需要反應迅速，否則爐火熱鍋滾油都會讓你手忙腳亂，讓你吃不了兜著走。有一次我母親外出，我想機不可失，只有動手才能嘗到自己的成果，實踐出真知嘛。打著了煤氣，將菜鍋放置在火上，用勺子舀出適量的菜油，只等菜油燒個八成開，就可以將切好的菜倒進鍋內翻炒。說說容易，等油冒出油煙，先前的設想完全亂了方寸，剛才摸准的油瓶醋瓶鹽罐讓我手忙腳亂，被碰得東倒西歪，廚房裡乒乒乓乓險象環生，讓我出了一身又一身冷汗。好在有驚無險，一頓午飯總算端上了桌，黃瓜炒肉片、涼拌土豆絲、蟹黃蛋，還有番茄雞蛋榨菜湯，連父母都驚奇萬分。功夫不負有心人，沒有眼睛照樣能吃到熱氣騰騰的好飯好菜。

　　我們說人需要適應環境，而不是妄想讓環境適應自己，從一般意義上來說，改變自己比改變環境要容易得多。同時在改變自己的過程中也可以改變對環境的認識，經過反復多次由失敗到成功的過程，就一定能發現自己的可塑性，就一定能最大限度地發揮潛能，使自己適應環境的能力和思想境界不斷得到提高。吃得苦中苦，方為人上人，這是古人給我們的訓誡。可是這樣的話對一個沒有吃過苦的人就是耳旁風，我想盲人都和我一樣會從痛苦中獲得能力和境界的提升。

15 付出中獲得快樂

　　失明之後，黑暗帶來的痛苦如影隨形日夜糾纏著我，為了擺脫痛苦，我總在尋找快樂。這個世界上什麼都不缺少，只要你用心尋找，快樂自然會來到你的身邊。

　　我妹妹將女兒託付給我和父母，她單槍匹馬去國外打拼，實在沒有條件照顧好孩子。從此，這小丫頭就成為我生活中的一部分。

　　我給小外甥女講故事，沒完沒了的和她做遊戲，輔導她讀書做作業。我在做這些事時，從未考慮到獲得什麼補償，那純粹是一種義務。

　　雙目失明當然給我帶來許多不方便，一個正常人帶孩子都很困難，更何況我呢！然而我真的感覺到，自己所獲得的快樂，遠遠大於付出的艱辛。小丫頭對我的信任，對我的依戀，就像在我心頭抹上了甘甜的蜜汁。

　　有一天是週末，我和小丫頭一塊兒到附近的中山植物園遊玩。她用小手攙著我，一路走，一路喋喋不休將所看見的東西講給我聽。在小丫頭的嘴裡，世界真是妙不可言，小狗小貓、蹦跳飛翔的鳥兒、花草樹木，都在那張小嘴裡變得栩栩如生。至今只要我回想起那段日子，彷彿又被一隻小手牽著漫步在那條路上，眼前就會出現一片美好的景象。

　　我在植物園門口的售貨亭給小丫頭買了一隻小小的竹片削成的螺旋槳，另外還給它買了一小袋葵花籽。小孩子的價值觀就是歡喜滿足，無論錢多錢少，開心就是最好。小丫頭在草地上一遍又一遍用兩隻胖嘟嘟的小手，將螺旋槳搓動，讓那葉小竹片飛起來。隨著她的笑聲，我彷彿看見了在綠茵茵的草地上，一個快活的小女孩，對著飛向天空的小竹片，綻開花朵般的笑臉。

　　玩得累了，我和小丫頭選了一張石凳坐下，我用耳朵欣賞植物園裡風兒吹動樹木花草時發出的大自然的歌聲。小丫頭則聚精會神的開始嗑著葵花子，聽著那張小嘴裡發出清脆的喀喀聲，我覺得自己非常愉快。

　　沒過一會兒，小丫頭終於將葵花籽嗑完了，她撲進我的懷裡，要我張開嘴巴。我以為又是惡作劇，便無可奈何的張開嘴。出乎意料，那只胖嘟嘟的小手忽然將一把葵花籽仁塞進我的嘴裡，她嘻嘻笑著問我葵花籽香不香？感動和感激讓我的眼淚差一點湧出眼眶，是的，非常香甜，可愛的小丫頭自己一粒也沒有吃，她明白自己該怎麼做。

　　要是說快樂也分等級的話，小外甥女讓我得到了快樂的最高境界，那一刻的快樂已經將我帶進了天堂。人們常常將快樂和歡喜混為一談，其實這是個很大的誤區。歡喜一般來源於獲得物質的滿足，而快樂卻是付出給我們帶來的精神愉悅。兩者中歡喜是獲得，而快樂則是付出。歡喜是短暫的，是會很快消失的。快樂則是永久的，是跟隨你走完人生全過程的。我終於明白了，尋找快樂需要付出，這種付出是不能時刻等待著回報的。只要你有了足夠的付出，只要你付出一顆真誠的心，快樂自然會來到你的身邊。

16　健康是快樂的保證

　　我們每時每刻都渴望著快樂的光臨，然而真正的快樂卻總是像藍天上飄蕩著的白雲一樣，讓我們可望而不可即。除了自私貪婪嫉妒仇恨等等心理上的原因，除了戰爭自然災害社會動亂等等客觀外界的不可避免的原因，我們對自己身體的不負責任，也是我們無法享受快樂的重要因素。

　　如果說我們每個人都是一個小世界，我們的衣食住行言談舉止都為了這個小世界的有序運行，那麼我們就必須在生活中嚴格符合宇宙大世界的規律。只要你稍加放縱，病痛就會降臨，快樂就會遠遠離開你。

　　回想我被疾病折磨的經歷，真有些追悔莫及。要是我能正視自己的疾病，小心翼翼按照科學方法形式，那麼我的快樂會更多，我對社會的作用也會更大。

　　我很年輕時就患上那種最難醫治的 1 型脆性糖尿病，按照醫生的說法，此病必須注射胰島素方能得到控制。我卻將醫生的話當做耳旁風，我行我素吃喝玩樂，彷彿得病的不是自己而是別人。導致糖尿病日益嚴重，甚至出現了嚴重的酸中毒，幾乎丟了小命。

　　除了諱疾忌醫，我還是個不顧後果的吃貨，根本將糖尿病的飲食要求置於腦後。各種疾病皆有忌口，比如胃病就需要進食容易消化的食品,腎臟疾病就需要低鹽的飲食,高血脂就不能進食大魚大肉,痛風症患者就必須控制富含嘌呤的食品。

我患的是糖尿病,假如自己在疾病開始時能夠控制住自己的嘴,能夠嚴格按照醫生的囑咐,對碳水化合物的攝入斤斤計較,也許就不至於造成雙目失明這樣的嚴重後果了。

我們都知道,糖尿病是由於胰島素的匱乏,由於胰島 B 細胞功能喪失,以至於攝入的碳水化合物無法被利用,導致血糖升高,大量的糖分從尿液裡排出體外。在這樣的狀況下,第一要注射足量的胰島素,幫助體內的碳水化合物吸收利用。第二就是需要嚴格控制飲食,注射多少胰島素就只能攝入多少碳水化合物,而不是打了胰島素就可以放開嘴肆無忌憚的大吃大喝。不能被吸收利用的碳水化合物會繼續導致血糖的升高,持續的高血糖引起的代謝紊亂會損傷全身血管,最終將會引起心臟、腎臟、神經系統的病變,將會造成無法彌補的後果。

我從小就喜歡甜食,這或許與糖尿病的發病有關,當然這種疾病的發病原因至今仍然沒有定論。要命的是,患病後我對甜食的偏好仍然有增無減,經常背著醫生和家人偷偷吃巧克力、湯圓、月餅等美味可口的甜品,以及各式各樣的瓜果,導致血糖始終未得到理想的控制。醫生的治療只是一種外因,如果沒有內因的配合,那麼這樣的治療一定是徒勞無益的。

就這樣,由於我的暴飲暴食諱疾忌醫,持續的高血糖最終導致血管的病變。而血管的病變又導致了眼底小動脈出血,且糖尿病眼底出血一般是不可逆的,,這就是糖尿病失明的重要原因。

雖然我現在已經吸取了教訓,已經能夠嚴格控制自己的飲食,可是生活在一片黑暗之中,這種痛苦的結局是無法挽回的。所以我忠告那些患有糖尿病的朋友們，病從口入，一定要牢牢控制住自己的嘴巴。生病有時不是我們能掌控的，可在力所能及的條件下讓身體保持最佳狀態，將疾病控制好，卻是我們能夠做到的，只有健康才能讓我們獲得最大的快樂。

17　戒煙記

在朋友的結婚宴上，新娘親自敬煙，礙於情理，我不得不接過那支細長精緻的香煙。觸摸著手中的香煙，不由得回憶起我的抽煙史。一轉眼，我戒煙已經 12 年了，回頭想想，那段抽煙的歷史也真夠駭人聽聞。最慘烈的時刻一天抽四包。

我是當兵第一天開始抽第一支煙，當時年輕氣盛，幾個新兵湊在一起開玩笑打賭，說哪個能一口接一口不停的抽完整整一支香煙，其餘的人就必須給他買兩條香煙。

我們都從未接觸過這種又辣又嗆人的玩意兒，每個人都是第一次抽煙，所以被嗆得眼淚鼻涕直流。結果，只有我一人抽完，贏來的香煙將我拉進了煙民的隊伍。

那時候生活水準還不高，我抽的香煙基本都是廉價品，2 毛 9 分一盒的飛馬就算很夠檔次了。我的煙癮卻很大，買不到香煙時，甚至還會用舊報紙將碎煙草卷成又粗又長的大炮筒煙捲。那傢伙足有尺把長，大炮筒端在手裡，相當威風相當有派頭，，儼然就是個不折不扣的老煙槍。

那時大家收入都很低，所以煙價也不高，一盒精裝大前門 3 毛 6，一盒最高檔大中華濾嘴煙也不過 7 毛 2 分。現在的頂級煙如小熊貓、雲煙、黃鶴樓、九五之尊等，都在千元以上每條，跟那個時代比起來，真猶如新舊社會兩個世界了。

　　我戒煙完全是為了小外甥女，記得那是一個兒童節的前夕，我叼著煙幫外甥女挑衣服穿，忽然外甥女發出一陣讓我毛骨悚然的叫聲，接著小丫頭就又哭又鬧，喉嚨裡發出尖厲的哮鳴音。

　　以我的醫學常識判斷，立刻明白外甥女被香煙嗆壞了。當時南京的空氣污染其實跟現在差不多，小外甥女患有過敏性哮喘，加之我的噴雲吐霧，引起小丫頭哮喘的急性發作。我抱起小丫頭，拄著拐棍，沖向醫院。結果小丫頭還是在醫院裡躺了好幾天，真讓我這個當舅舅的自責不已，抽煙真是害人害己的一種惡習呀！。

　　要說我戒煙也不僅僅是為了小外甥女，戒煙更是為了自己，我患糖尿病幾十年，全身的血管受損，導致雙目失明，若繼續抽煙，必將加重病情給家人給社會帶來更多的麻煩。

　　從那天起，我再也沒碰過一支香煙。無論朋友們怎麼誘惑，無論多高級的香煙，我絲毫不為所動。其實戒煙並非那麼困難，完全看你是不是有心？是不是替周圍的人著想？

　　現在的戒煙法五花八門，比方：戒煙糖、戒煙茶、戒煙的花生瓜子，還有利用針灸戒煙、推拿戒煙。聽說某科研單位還推出電子煙，搞得老煙槍們紛紛買來一試，但未必個個百戰榮歸。我能一次戒煙乾淨利索，自然與外甥女哮喘發作有關，但更重要的還是想活的健康快樂。

18　教年輕人學推拿

　　不久前，一位朋友介紹了一個年輕人來我這兒學習推拿。說實話，開始我還真有些懷疑，現在的年輕人專門挑選那些輕鬆而又掙錢多的工作，除了盲人，很少會有年輕人自討苦吃學習推拿了。

　　小夥子姓于，來自山東煙臺，長得儀錶堂堂，一米八多的身材，走在街上令人矚目。當我問起他為啥要學推拿時，他說這是為了他的父母，父母在農村沒日沒夜的操勞，剛過五旬就患上嚴重的腰椎疾病。發起病來甚至連床都下不了，看著父母被腰椎病所困，小於下決心要掌握推拿技術，有朝一日讓父母恢復健康。除此之外，小於在城市裡也換了不少工作，那些工作的競爭都很激烈，像他這樣沒有文憑沒有後臺的年輕人除非掌握了一手絕活，很難在城裡立足。

　　小於到我這兒之前，已經在中醫藥大學裡學習了基礎知識，可是在臨床學習過程中，卻發現那些所謂的老師一個個將自己的手藝看得比性命還要緊。每逢關鍵時刻，都要想方設法將學生支開。所以他雖然跟著師傅學推拿一年有餘，可至今卻基本還屬於門外漢，患者也不願讓他推拿治療。

　　有一次，小於為了學技術，還專請師傅喝了一頓酒，趁著師傅酒勁兒好歹學了一招。

　　聽了小於的話之後，我心中真有些感慨，現在的競爭讓人們變得自私自利，人和人之間都成了對頭，處處事事小心設防。照這樣發展下去，友愛互助就會離我們越來越遠，推拿技術或許將後繼無人了。我對小於說，我教給你技術，不僅僅是為了掙錢，更主要的是為了幫助病人解除痛苦，哪怕分文不取，治病應該是第一位的。小於也深有同感，他向我保證說自己絕對不會像現在的師傅一樣，一定會將自己的技術用到病人的身上。除此之外，他還要讓病人自己學會簡單的推拿手法，這樣病人一旦遇到病痛，連醫生也不用，自己就能手到病除了。

　　其實中醫推拿治療手法源遠流長，是我國獨一無二的致病手段，要想學得好，絕對不是一朝一夕的事情。首先要瞭解經絡學位的位置和走向，全身大學三百六十五個，分佈在十二條正經和奇經八脈上，不背熟了，用起來就很難產生相應的療效。另外對疾病也要有足夠的瞭解，什麼病該用什麼學位，什麼病該用什麼手法，學位的配方和守法的靈活運用都對病人的療效有很密切的關係。

　　我認真告訴小於，無論什麼病人來求治，首先要詳細問清症狀，要思前想後考慮到方方面面，絕不可操之過急輕率下結論。病情為診斷明確之前，不能下手，否則往往會弄巧成拙適得其反。

　　還有些疾病是絕對不可用推拿手法治療的，比如嚴重的骨質酥鬆症、出血性疾病、嚴重的心臟病、精神疾病、晚期癌症、以及妊娠後期即將分娩的孕婦等，都是推拿的禁忌症。

　　學習推拿決不是可以速成的，一定要經過長期的修煉，要逐漸掌握守法的輕重緩急。還要進行嚴格的身體鍛鍊，沒有一個好身體，根本無法完成既耗體力又耗心神的推拿工作。學了一段時間，小於的手法越來越熟練，他每次來都會興高采烈的告訴我，今天又利用學到的技術治好了病人。病人誇讚他時，他就感覺特高興，他覺得自己已成為一個社會需要的人了。

19　音樂帶我高高飛翔

　　失明之後，所有色彩和線條給我帶來的快樂都消失了，音樂就成為我在抽象的空間裡能夠享受到美和快樂的最主要來源。

　　其實我從小就喜歡音樂，但失明之後和失明前所聽到的音樂似乎不太一樣，原來視覺對音樂也會產生干擾呀！色彩和線條就像擋在我們眼前的一層紗，讓我們對音樂的欣賞達不到淋漓盡致的境界。

　　當然我這裡說的只是古典音樂，是絕對需要用心來領悟的音樂。而並非美國百老匯的歌舞劇或現在年輕人追捧的流行樂。這樣的音樂離不開眼睛的參與，歌舞劇裡演員們的載歌載舞和流行演唱會上辣妹們的張揚表演，動作表情甚至超過了音樂本身。

　　喜歡聽古典音樂的人一定都和我一樣，明白這種音樂絕對需要用心來聽，需要用你的靈魂來欣賞。一個龐大的樂隊，管樂弦樂和打擊樂，在指揮棒的領導下，演奏的如此協調完美。或清楊婉轉、或低沉悲哀、或激情蕩漾，帶著聽眾們飛舞，讓你不知不覺被領進了一個隻屬於精神的世界。如果只顧用眼睛去搜索那些演奏員們漂亮與否，你還能聽得出小提琴大提琴雙簧管和圓號的美妙絕倫嗎？

　　所謂古典音樂，就是十九世紀之前的音樂，進入二十世紀之後，現代音樂就取而代之佔領了大眾音樂舞臺。經過 200 多年淘汰篩選，我們現在聽到的古典音樂都是音樂大師們最經典的作品。而在這些大師之中，我最喜愛的還是貝多芬。

貝多芬是古典浪漫派音樂的奠基人，他創造了命運的主題，在貝多芬的作品中，始終貫穿著兩個主題，即英雄的主題和命運的主題。在他之前，音樂只是音樂，只是讓人們沉浸在浪漫的喜悅之中。從貝多芬開始，人們從音樂裡得到了另一種啟示，即不向命運低頭，做一個不屈不撓的英雄。

和貝多芬不同，柴科夫斯基也寫英雄，可是他所寫的英雄都具有悲劇的色彩，都以失敗而告終。從音樂的角度來看，這無可厚非，有時候悲劇會讓我們更能感受到音樂的美。可是對我來說，最需要的是和命運的搏鬥，是不屈不撓，是從鬥爭裡獲得戰勝疾病和黑暗的勇氣。

我現在已經和貝多芬形影不離，每天當我打開音響時，就會情不自禁的被感動，被昇華，被這位音樂巨人帶著高高的飛翔。我想，假如貝多芬在天有靈，他一定會唯有我這樣的知音而感到欣慰。

20　和大學生談人生

　　前不久，南京審計學院邀請我去和大學生們座談，談談人生和文學。這個題目讓我足足準備了好幾天，心裡還是沒把握，生怕當場出洋相。可是沒想到，那些單純的大學生幫我解決了難題，他們的單刀直入、直言不諱讓我就像面對一面鏡子，將自己看得一清二楚。一旦豁出面子，說話便沒了拘束，當然也就能對答如流了。同學們最關心的還是情感和人生態度。

　　我說明因為自己的疾病導致雙目失明，我的生涯規畫起了大轉變。那時，我結婚才兩年，妻子是同一醫院的護士，妻子對我付出太多，她的青春事業和愛好因為我而基本失去了。我是個傳統而保守的人，堅持一個男子漢必須實踐自己的責任，既因病而不能讓自己所愛的人獲得真正的幸福和快樂，於是向妻子提出了離婚。妻子自然不同意，經過我反覆分析和勸說，她最終無可奈何的點了頭。之後，我們釋放了心理上一個包袱，互相攙扶著走進民政局，心平氣和的辦理了離婚手續。

　　像我這樣一個學醫出身的人，在人生壯年失去健康、失去工作、失去婚姻，照理說應該失去了一切，但我心底仍有一個目標；為家人活得積極，生活裡所能掌握的資源都不浪費，至少，我讓自己能自理，不成為他人的負擔。我還能照顧年邁的父母，還能為弱勢及窮人義務推拿，感覺自己仍被需要，就是幸福了。

不料那些女生們思維特敏銳，好幾位女生發言問我是不是為了硬充好漢要面子才主動提出離婚的？是不是心裡明白人家有了離開的意思，想搶主動才提出離婚的？

這一下弄得我很是狼狽，最後吞吞吐吐說明離婚是我們雙方共同的決定。這才讓同學們滿意了，聽著台下的嘰嘰喳喳的議論聲，我也彷彿丟下一塊壓在心頭多年的石頭般輕鬆。

參加座談的當代大學生，反應主動而熱情，她們聽完我的敘說，不斷報以熱烈的掌聲。結束後紛紛要求我簽名，把我的手抓住不放。學生們最後居然要求我摘下墨鏡，看看我的廬山真面目，我只好摘下墨鏡，說實話當時真有些尷尬，不過我對自己的勇氣倒挺滿意的。男生所提的問題大多與軍隊生活訓練有關，那些磨練對今日的年輕人而言，我覺得很有益處。

我在回答問題中，感覺這些孩子就像自己的孩子，毫不虛偽的鼓勵她們勇敢地追求愛情。我認為大學生的任務有三：第一是學習知識訓練思維方法，掌握今後工作生活的基礎手段。第二是交朋友，大學生來自五湖四海，畢業後也要分配到天下各地，能結交幾個知己絕對有必要。第三就是談戀愛，年齡、興趣、愛好，都屬於最可接近的位置，無論談得成談不成，都是人生的一種經驗，都是人生一種最美好的嘗試。

21　品茶論生活

　　煙、酒、茶，過去被視為男人三友。那時候，一個男人既不會抽煙喝酒，又不會品茶，肯定被同伴視為異類。現在看來，純屬無稽之談，真男人並非必須具備這三種嗜好。可是我在失明之前，卻將此三種嗜好集於一身，甘願被煙、酒、茶俘虜。

　　失明之後，我痛定思痛當機立斷，下定決心戒除了對身體有害無益的煙、酒，只剩下茶葉成為陪伴我的最忠實朋友。

　　說茶葉是最忠實的朋友，半點兒也不過分，只要你需要，一杯濃濃的綠茶准會驅散纏繞著你的煩惱苦悶。

　　每日清晨，滾燙的開水沖進杯中，茶葉在開水中似乎復活了。她們上下翻飛翩翩起舞，舒展身體，將芬芳濃郁的茶香送進你的鼻腔。於是新的一天也像復活的葉片一樣，將新的氣息新的感覺送進你的身體，讓你的精神煥然一新。

　　我喝茶是從大學時期開始的，那些來自安徽山區的同學，每到新學期開學時總會帶來家鄉的茶葉。他們不等放好行李，迫不及待為我們倒水泡茶，讓我們與他們分享來自家鄉的濃郁芬芳。我至今還忘不了那濃濃的茶香，忘不了那濃濃的同窗友情，我們喝的不僅是茶，更喝下了三年同學說不盡的情誼。

　　許多志趣高雅、氣質恬淡的茶客認為，喝茶要清淡，要在似有似無之間品嘗出耐人尋味的淡雅茶香。我卻不然，茶杯內總是半杯茶葉半杯水，苦澀的茶汁先是讓我緊皺雙眉，彷彿正在將痛苦咽下肚中。就在這樣的下嚥過程裡，就在我緊皺的雙眉漸漸舒展開時，忽然間就嘗到了苦盡甘來，品出了茶中所包含的濃郁芬芳的無窮情趣。生活不也是如此嗎？沒有吃過苦的人，無論如何得不到真正的快樂，因為快樂總是隨著痛苦的消失才會真正融進我們的心中。

二、

社會萬象篇

22　風之歌

　　風是指空氣相對於地面的運動,所以說,只要空氣存在於天地之間,風就永遠不會停止。當然風也就必然會伴隨著人類走完歷史全過程,必然見證人類所有的興盛和衰亡。風也是季節變化的信使,是平衡地球氣溫的調度,風從東南西北吹來,將我們帶進了春夏秋冬。春風讓生命蘇醒;夏風讓生命振奮;秋風讓生命滿足;冬風讓生命進入甜美的夢鄉。

　　你看見過藍天上一朵朵飄蕩的白雲嗎?那就是風正駕駛著雲車,急匆匆去執行新的使命。你看見過霜染的枝幹上片片正在凋零飄落的枯葉嗎?那就是風正擁抱著告別生命的樹葉,在天地間作最後的舞蹈。你看見過姑娘頭上飛揚的秀髮嗎?那就是風把一個個美麗的心願向天下昭示。

　　有人說風是大自然無形的使者,是上帝一隻看不見的手,是魔鬼氣急敗壞的咆哮。如此比喻,一方面是由於風造成的後果,另一方面當然也離不開我們的意識。風其實已經融進了我們的心靈,已經成為我們生活中不可分離的一部分。

　　古人早有八風之說,我們也約定成俗用風度、風格、風尚、風俗來表示人或人群不同類型的素質。這當然不是空穴來風,當然不是無端的想像。如果說自然界的風是空氣相對於地面的運動,那麼如此社會之風就是思想相對于人群的運動，就是我們自覺或不自覺的追隨著潮流在歷史軌道上的運動。

不是東風壓倒西風，就是西風壓倒東風，在一個時期內，通常只有一個起著主導作用的思想潮流。我們不由自主高舉著風向標，為自己的行動窺測方向。我們或為了理想前仆後繼；或為了時尚不拘一格；或為了宗教浴血獻身；或為了愛情墮入空門。

然而，大多數人卻只知其然而不知其所以然。風何以能左右我們的所作所為？何以能把我們像風車一樣吹得團團轉呢？作為一個獨立的人，我們就像一面旗幟，各有其千奇百怪的色彩風格姿態。這面旗幟時時刻刻都想在天地間高高飄揚，想展示各自獨特的一面。如果沒有風，我們當然不會有展示自己的機會，當然不可能存在任何一個與眾不同的自我形態。

回顧我們的歷史，自我的旗幟何曾自由自在的飄揚過？個人的意志何曾暢快淋漓的表達過？風兒似乎對我們過於吝嗇了。

眾所周知，風的產生是由於空氣中的溫度和濕度變化；是由於大氣層對地球的呵護；是由於地球相對於太陽的運動。自然界的風如此，流動于人群中，流動于我們心靈上的風也是如此。沒有生命欲望本原的衝動，沒有大氣層般自由空間的呵護，沒有每一個自我展現的機會，我們盼望的風從何而來啊？一個沒有風的世界，只能讓每一顆被欲望激動著的心無奈的停留在期盼和等待之中。沒了雷鳴電閃；沒了姹紫嫣紅；沒了百鳥爭鳴；沒了百舸爭流，活生生的世界變成了一幅失去活力的靜物畫。所有的思想和情感都被靜止在某一個時間，所有的運動被固定於某一種形態，我們變成了目光呆滯無神的畫中人，凝視著一個一成不變毫無活力的世界。

　　宇宙不會死亡，地球仍然圍繞著太陽運轉，這種運轉決不會以個人的意志為轉移。我們心中那面自我的旗幟，其實從來沒有放棄對風兒的呼喚；沒有放棄對自由的追求；沒有放棄對精神和物質享受的渴望。就在執著的呼喚追求和渴望中，春風重又吹綠了大江南北，秋風重又帶來了五穀豐登。那一幅靜物畫漸漸淡出了我們的視線，那一段無風的日子漸漸淡出了我們的記憶。在歷史的檔案中，這永遠是黑暗的一頁，永遠是一塊無法修復的傷痕。然而恰恰因為有了黑暗和傷痕，反而襯托出光明和健康，反而振奮起自我的旗幟，讓風兒將她吹得更加舒展美麗。

　　又到了春暖花開的日子，如今的春天打開了小夥子的情竇，如今的花朵悄悄開放在姑娘的笑容。風兒像迎親的花轎，將一對對新人引進甜蜜的洞房。如今又有了雷鳴電閃，傾盆大雨把夏天籠罩在歡欣鼓舞中，世界被沖洗得煥然一新。如今又是豔陽高照，秋風把稻田吹成了一排排讓人陶醉的金色波濤，把農家的嫋嫋炊煙譜成了一曲曲動聽的夕陽之歌。雪花隨著冬風如期而至，還是那樣潔白晶瑩，還是那樣漫天飛揚，但所覆蓋的已不是昨天的世界。風兒把希望灑下，我們將用全部熱情迎接嶄新的明天。

23　蔚藍的天空

　　我那時還在部隊裡，駐地附近有家福利院，那是專門收留無家可歸老人和被遺棄兒童的地方。我們經常利用週末和節假日前往福利院，為老人翻洗衣服被褥，幫他們做各種他們力不能及的事情。我們還和殘疾孩子一塊兒玩耍，給他們講故事，輔導功課。通過我們的幫助，讓這些弱勢群體感覺到社會的溫暖。

　　其實我覺得，這樣的活動不僅僅對生活在社會邊緣的老人和孩子非常重要，對我們則更加必不可少。我們通過這樣的活動能體會到自己的責任，每個正常人都應該具有這樣的責任心，而一個溫暖和諧的社會正式通過每個人的責任才得以最充分體現。那些無助的老人和孩子就像一面面鏡子，映出了我們的精神境界，映出了每個人在道德社會中的地位。你是不是用一片真心實意來幫助他們，是不是用愛來點燃另一片愛，完全的看你心中真善美有多少？

　　一個週末的下午，我們又來到福利院，隔著老遠就看見一個小女孩孤零零坐在門口臺階上。走得近了才看清這個小丫頭約摸四五歲，胖乎乎的小臉上露出焦急等待的神色，時不時低下頭，歪著腦袋像在傾聽著什麼。我們從前沒見過這個小女孩，便圍攏過去，和她打招呼。小女孩抬起頭，用一雙雖然清澈可顯得十分茫然的大眼睛東張西望，像是在尋找聲音的來源。一位福利院的老師附耳悄悄告訴我，這是一個雙目全盲的孩子，四天前被人遺棄在福利院門口。

　　小女孩明白我們的身分和來意之後，立刻露出高興的神情，顯然她認定我們會給她最大的幫助。

　　小女孩很可愛，柔嫩的臉蛋上天真爛漫，就像一朵剛剛在陽光中綻放的花兒。面對如此一朵柔嫩嬌豔的小花，我們情不自禁想保護她，想竭盡全力去幫助她。然而隨著小女孩天真童稚的敘述，我們的心漸漸往下沉，先前的笑容從我們臉上消失殆盡。據小女孩說，她和媽媽是上街尋找親戚的，媽媽卻走丟了。她說老師們都很好，可這兒不是家，她每天都在門口等待媽媽把她領回家去。

　　我的心因憐憫憤怒而疼痛，能不憤怒嗎？一個母親竟然迷失了母愛，遺棄自己孩子的女人，母親這偉大神聖的稱呼將不再屬於她。我們都想安慰小女孩，然而面對那張陽光般燦爛的小臉，面對那朵充滿希望的鮮花，你又能用什麼樣的語言來安慰呢？

　　小女孩顯然感覺到周圍氣氛的壓抑，她忽然揚起臉，咔咔笑著，揮舞著兩條胳膊，讓我們看天空。它邊晃動胳膊邊告訴我們，媽媽說過，天空永遠是蔚藍的，那兒住著許多善良可愛的神仙，只要你求他們，他們准定會幫助你。我們不約而同抬起頭，哪兒有蔚藍的天空呀？漫天烏雲層層疊疊，就像一座座小山壓得我們喘不過氣來。可那小女孩仍然在笑，彷彿她透過濃厚的烏雲，看見了陽光，看見了一片充滿希望的蔚藍天空。

　　那天之後，我們開始格外關心這個小女孩。她與其他孩子不同，那張充滿希望的小臉雖然有時也會因為失望而涕淚橫流，可轉眼間又雨過天晴，又是一片和純淨天空一樣的蔚藍。他每天坐在門口等待，會認認真真告訴我們：媽媽也會看見蔚藍的天空，而那片藍天上的神仙們一定會幫助他們重逢。我們對小女孩的憐憫不知不覺淡了，那張笑臉感動著我們，讓我們和小女孩同樣充滿希望。有那片蔚藍的天空，心中就永遠會陽光燦爛。

我們對那位迷失心路的母親也不再那般痛恨，她雖然無情拋棄了女兒，卻給小女孩留下一片永遠抹不去的蔚藍。小女孩將這片蔚藍和母愛聯繫在一起，只要藍天在心中，母愛就時時刻刻伴隨著她。無論颱風下雨，無論大雪紛飛，小女孩始終坐在門口等待，因為那一片蔚藍在支持著它，是母親為她撐開這片蔚藍的天空，只要有這片蔚藍，母親就一定能回到身邊。

就這樣，我們和小女孩在這片蔚藍的天空裡等待了整整一年，我們的心始終充滿希望，相信小女孩的願望一定能實現。又一個週末，我們來到福利院時，忽然感覺有些異樣。過了好一會兒，我們才反應過來，那個小丫頭沒有出現在門口臺階上。我們的心都懸起老高，千萬別讓病魔降臨在小丫頭身上，大家立刻拔腿跑進福利院。老師看見我們，頓時變得喜笑顏開，我們的心放下了，潛意識中我們感覺到將會有一個喜訊。果不其然，老師告訴我們，小女孩母親終於回到福利院，將遺棄的女兒重新接回了家。並一再告訴我們，小女孩非常想念我們，臨走時哭得眼淚汪汪，再三說以後一定要來看我們。我們又一次不約而同抬起頭，蔚藍的天空上，只有幾朵悠悠的白雲柔柔飄過。我們彷彿看見小女孩正在向我們招手，正在向我們笑。那一片蔚藍已經變成我們和小女孩的共識，希望就在那兒，只要藍天在，希望就永遠不會走失。

後來部隊移防，我再也沒看見那位小女孩，如今她一定長大成人，一定也為人妻為人母。雖然我不知小女孩的現況，有一點是確定無疑的，它一定會將那片蔚藍的天空留給自己的孩子，她也會讓自己的孩子充滿希望，生活對它們一定永遠陽光燦爛。

　　時隔二十多年，沒料到我也陷入一片黑暗之中，失明帶來的痛苦深深折磨著我，讓我對未來充滿憂慮。然而那位小女孩的笑容從來就沒從我心中消失，有這樣一個小女孩，那一片蔚藍當然與我同在。

24 給南京遮陽的梧桐樹

　　說起南京，誰都會對街道兩旁默默無聞的梧桐樹留下深刻印象。它們沒有鮮豔的花朵，沒有挺拔的身材，沒有濃郁的芬芳，也沒有甜美的果實，旨在夏天給大街上行走的路人留下一片蔭涼。梧桐樹的學名叫左法國懸鈴木，這是因為它們來自法國，每到春夏之交就會結出一串串鈴鐺般的果實懸掛在枝葉之中。其實法國懸鈴木和我們通常所說的梧桐完全風馬牛不相干，人們習慣成自然就這麼叫開了。

　　咱們南京的梧桐樹，據說已有將近百年歷史，最大的樹幹需兩人手拉手才能合抱。撫摸樹上的疤痕，你彷彿能聽見它們在述說歷史的變遷，述說變遷帶來的世間滄桑。我經常和父母在樹蔭下走過，每當被濃濃的樹蔭包裹，都會讓我感到梧桐樹無私真誠的愛。

　　然而，梧桐樹有時也會給人們留下一點遺憾，每到春夏之交，樹上的果實就會隨風飄揚，將細細的毛絮吹進人們的眼睛和鼻孔，讓那些過敏體質的人咳嗽噴嚏甚或渾身起蕁麻疹導致極度不爽。其實我們不該因自己的好惡而隊梧桐橫加指責，這是由於樹木的繁殖需要，為了它們正常的生活，人類難道不能寬容一點嗎？任何物種都需要延續自己的後代，沒有隨風飄揚的毛絮，又從何而來為我們遮陽的梧桐樹呢？

最近，南京市的園林工作者們正在研究消除此種給人們帶來不愉快的方法，他們將一種藥物注射進樹幹裡，或者將經過處理的樹幹嫁接在老樹上，這樣處理過的梧桐樹據說就再也不會春夏之交毛絮滿天飛了。不過我卻覺得這樣對梧桐樹很不公平，人總是憑著自己的需要，將自己的意志強加於任何物種。現在人們的所作所為導致的不良後果已經顯現，越來越多的物種正在滅絕，環境的惡化已經為我們敲響了警鐘。我們是不是應該換位思考，從梧桐樹的角度設想，我們這點小的不適完全可以克服，梧桐樹的繁衍生息或許更重要。

這些年，臺灣來的朋友多了，他們對梧桐樹情有獨忠，每到南京總會像老朋友相聚一樣和梧桐樹親密接觸。有兩位臺灣朋友最近來到南京，他們在梧桐下留影，一次次與梧桐樹擁抱。這樣的舉動讓我忽然感覺歷史真像一條看不見的紐帶，而梧桐樹就是貫穿這條歷史的脈絡，兩岸人民間的友情在這條紐帶的聯絡中似乎也變得更親密牢固了。梧桐樹的根深深紮在兩岸人民心中，時光倒流就是在梧桐樹的陰影下完成的，回顧過往值得我們深深思考的太多了。我現在雖然再也看不見默默守候在路邊的梧桐樹，再也無法欣賞那些梧桐樹鞠躬盡瘁的身影，可是只要我的手撫摸到粗壯的樹幹，只要在炎炎烈日下一走進濃郁的樹蔭裡，我就不由自主隨即產生濃濃的感激之情。啊！梧桐樹，你是南京的驕傲。

25　一次推拿有感

錢老的夫人因腰扭傷，請我去推拿治療，這一對老夫妻和我很熟悉了，所以我二話沒說，立刻前往他們家。

離著老遠就聽見老夫妻彷佛吵架似的對話，兩個老人像在比賽誰的嗓門高。我的敲門聲總算打斷了這一對老夫妻，他們見到我，頓時喜笑顏開。我瞭解這對老夫妻，他們的話語充滿了善良和慈祥，根本聽不出有什麼不愉快。

我對躺在床上的錢夫人笑笑，請她翻過身體，我需要先給她做檢查。錢老不等夫人動作，趕緊過來扶住了自己的老伴，小心翼翼幫助她翻身。錢夫人似乎不屑的埋怨說：「誰要你關心，假惺惺！」話雖這樣說，可是身體卻在錢老的臂彎裡舒展開了。經過檢查，錢夫人是由於運動時動作不夠協調，腰椎小關節錯位，導致局部神經血管受到壓迫，引起疼痛和功能障礙。

錢老聽我說完，立刻又開始嘮嘮叨叨，列舉出一系列夫人對自己身體不夠重視的例子。錢夫人一邊配合我的推拿，一邊據理反駁，顯然對錢老的指責很不以為然。

對這樣的病人，手法必須輕柔，老年病人和年輕人不同，過重的手法會讓他們難以承受。我讓錢夫人側臥，病痛的一側朝上，並且將腿稍微屈曲。我雙手交握，用兩個胳膊肘分別頂住坐骨關節部和肩部前側。然後兩臂輕輕晃動，讓病人腰部放鬆。在病人沒有抵抗的狀態下，雙臂相向，同時忽然發力，此時可聽到患病的腰椎關節處，發出輕微的喀答聲，治療即告完成。

錢夫人感覺腰部輕鬆自如，她笑嘻嘻的對我說：「莊醫生，你看我家這個老頭兒，一點點小事就大驚小怪，真讓人受不了。」這就是老夫妻的愛情，相濡以沫。關愛和互助就是通過這種無休無止的嘮叨，作用在他們彼此的心靈。

「前輩曾風趣的跟我說：家庭就是柴米油鹽加吵鬧。」幾十年的朝夕相處，讓老夫老妻對彼此的身體狀況和思想瞭若指掌，關心對方勝過關心自己，通過喋喋不休的嘮叨，將那份關懷備至送進對方的心窩裡。

26 來自奧地利的新年音樂會

　　二〇一五年最後一個夜晚，我和弟弟來到南京文化藝術中心，一場由維也納節日管弦樂團演奏的音樂會，將把我們帶進二〇一六年。古典浪漫音樂是我的最愛，可是由於雙目失明，我已經很久沒有親臨現場聽音樂會了。

　　來自音樂故鄉的樂隊，每一個音符顯示出無比的美妙，讓人陶醉的飄飄然忘記了世界上所有的憂愁。我深深地感受到那種忘卻煩惱、忘卻憂愁的氣氛，同時也忘卻了室外雨絲的纏綿和冬夜的寒冷，只有耳畔一支支優美的樂曲，領著我們的心靈跳躍旋轉飛舞。

　　樂隊演奏了莫札特的長笛協奏曲、布拉姆斯的匈牙利舞曲，當然最主要的還是史特勞斯家族的華爾滋舞曲，似乎新年的告別儀式已經約定成俗，非史特勞斯的音樂莫屬了。從曼妙動人的樂曲中，人們領悟到生活的歡樂，憧憬著未來的幸福和快樂，也許這就是史特勞斯的心願吧。

　　老牌的樂隊對現場的氣氛把握恰到好處，他們臨時加演了兩支中國樂曲；北京喜訊到山寨、康定情歌。這一下，全場觀眾的情緒到了頂峰，鼓掌聲不絕於耳，和樂隊的管弦樂交相呼應，整個音樂廳都被熱情洋溢籠罩了。最後一支壓台的老史特勞斯那首「拉克斯基進行曲」響起的時候，觀眾紛紛起立，人們跟著樂曲的節奏鼓掌

跺腳。忽然,樂隊全員暫停了演奏,他們用不太標準的中國話大聲
說道:大家新年好。

　　那真是令人感動的一刻,這哪裡僅僅是一場音樂會呀,簡直就
是心與心的呼應,是音樂作為世界語言的最好體現。接著指揮走下
舞臺,出人意料的邀請了一位約莫八、九歲的小女孩上臺一起指
揮,那位小女孩毫不膽怯,一本正經的揮動著指揮棒,將樂曲推到
了最高潮。演出結束了,我的心還在沸騰,新的一年也許還是一樣
的柴米油鹽,一樣的酸甜苦辣,一樣的寫作,但是由於音樂帶來了
美和愛的憧憬,讓我的心裡添了一股暖流。

27　攜手共夕陽

　　下午三點鐘，和煦的陽光溫暖了寒冷的冬日，我母親照例著急的催促著我父親出門散步，最終硬是拉拉扯扯將極不情願的父親拽出了家門。我雖然什麼也看不見，腦海裡卻活生生映出了一幅他們看似不太和諧的生活場景。身穿過時的古董般服裝的他們，銀髮被北風吹拂著，兩隻蒼老的手十指緊扣，步履遲緩，在滿街時裝革履的俊男靚女中形成了一道獨特的風景線。

　　我父親今年八十有四，我母親也年逾八旬，步入耄耋之年的他們，鬢髮漸漸花白，腰背漸漸彎曲，步履漸漸蹣跚，可吵嘴鬥氣卻仍然隔三差五的持續著，大有將這種鬥爭進行到底的架勢。

　　我記得很小的時候父母就會因為瑣事爆發爭吵，那時候母親總是都不過父親，一急之下常常會摔門而去。到了這時候，我就會緊緊跟在母親身後，一路奔跑，連勸帶哄將母親拉回家。時間一長，我覺得這好像是一場遊戲，隔一段日子父母不吵嘴，反而讓我感覺少了點什麼似的怪難受。

　　我失明之後，父母的吵嘴少多了，我半開玩笑的對母親說："往後再吵嘴，千萬別跑出門，我再也無法追趕了。"聽了我的話，父母都沒吭聲。從此之後，他們雖然還拌嘴鬥氣，可是很快就會風平浪靜，很快就像啥事也沒發生一樣有說有笑了。

　　著名作家南懷謹先生曾說過，不吵不鬧不到頭。就是說夫妻之間的吵嘴是生活的必然，沒有了人與人之間的隔膜，沒有了心與心之間的防線，吵嘴鬥氣自然是夫妻間最正常不過的事情。除了自己的另一半，除了最瞭解自己的伴侶，心中的鬱悶還能向誰說呢？滿腹的煩惱還能向誰宣洩呢？只要真情尚在，只要愛心不泯，吵嘴鬥氣就像陰天下雨一樣，一陣風兒就會吹散滿天的陰雲，陽光普照才是生活的主旋律。

　　父親被母親拽著，兩個老人漸漸走遠了，我的心裡忽然湧起一陣感動，吵鬧歸吵鬧，他們的互敬互愛誰也不能抹煞。冬天的陽光走得快，父母最多只能散一個小時的步，在這一個小時裡，他們沐浴在溫暖的陽光中，那就是他們的幸福，夕陽，老人，還有什麼比這更珍貴呢！

28　何謂酒色財氣

　　人們對酒色財氣早已耳熟能詳，然而酒色財氣到底為何物？其內涵究竟對人們產生了什麼樣的作用？我想並沒多少人可以做出準確的答覆。人們往往只根據自己的一知半解，對這個給我們帶來快樂和痛苦的問題或加以痛斥，或大加標榜，做出各種似是而非的注解。那麼酒色財氣究竟是個啥玩藝兒呢？下面就本人的淺見，和大家做簡單的探討，分析出個一二三四。

　　第一，

　　所謂"酒"，並非我們通常所指的含有酒精的飲料，而是指我們的各種嗜好。大家都知道，一個人如果沒有任何愛好，那他就會被人視為格格不入的另類，被人視為無法交流的怪人。物以類聚，人以群分，正是我們的各種嗜好才形成了各種各樣的社會群體，形成了朋友這種具有一定凝聚力的社會圈子。例如喜歡喝酒的人被稱之為酒友；喜歡抽煙的人被稱之為煙友；喜歡集郵的人被稱之為郵友；喜歡汽車的人被稱之為車友；喜歡圖書的人被稱之為書友，凡此種種不一而足。這樣的群體比比皆是，各種嗜好讓人們濟濟一堂，共同的愛好讓他們神采飛揚精神煥發，讓他們榮辱與共肝膽相照。這就是我們的嗜好造就的社會結構，嗜好，這一根看不見的線，將人群不松不緊的連接起來。

　　然而凡事都有個限度，我們的嗜好應該為我們的生活服務；應該給我們帶來快樂和友誼；應該讓社會變得更加和諧美滿。假如嗜好超過了我們原來的意願；假如我們被嗜好折騰得暈頭轉向；假如我們為了自己的嗜好而和親朋好友恩斷情絕反目為仇；假如我們的嗜好使我們陷進不能自拔的泥潭，用不擇手段造成了他人的傷害，讓我們痛不欲生追悔莫及，那麼這樣的嗜好就違背了我們的初衷，就轉而變成我們和社會的公敵，你還敢為這樣的嗜好前赴後繼嗎？

　　第二，

　　所謂"色"，那就更一目了然了，直言不諱的說，色就是我們對性的欲望，就是讓我們欲仙欲死的男歡女愛。現在我們對性的要求，早已超出了聲譽的目的，沒有哪個再堂而皇之的說自己做愛只是為了得到孩子。人們對快樂的追求是無可厚非、天經地義的，也是我們對生活目的的原生態本能追求。可是我們對快樂的追求和動物性的本能欲望絕不能混為一談，對宗教的信仰、對法律的服從、對道德的遵循，都是我們隨著人類的進化自覺或不自覺的約定成俗，都是我們對自己和社會的約法三章。

　　古往今來，有多少人打著追求愛的幌子，為了那一轉瞬即逝的快感而陷入水深火熱之中。我們當然明白捆綁不成夫妻，當然明白強扭的瓜不甜，可是由於好色所造成的亂倫和通姦的悲劇，由這樣的悲劇帶來令人痛心疾首的教訓難道還不能讓我們在情欲的懸崖邊緣勒住馬頭嗎？我們常常用這樣的自欺欺人來為自己的動物般的生理要求強詞奪理，常常做出損人而不利己的愚蠢舉動，因為我們早已忘卻什麼才是人生的真正快樂，忘記了天堂和地獄之間那一條頭髮絲般細微的界限。既然生活給我們留下這麼多血淋淋的教訓，既然法律和倫理道德總在不厭其煩的諄諄告誡我們，我們為什麼還要背道而馳走進離經叛道的深淵呢？

第三，

"財"，毫無疑問指的就是金錢，當今世界上沒哪個離得開這個衣食住行的首要條件。要知道，說空話是靠不住的，西北風既填不飽你的肚皮，更不可能給你的妻兒老小臉上增添幸福的光彩。我們生活在一個物質的世界裡，物有所值就是說明任何物質都是具有一定的價值，都需要等值的貨幣才能獲得。根據這個簡單的原理，我們不難做出一個再明白不過的結論，沒有錢你將無法生存。那個荒唐的窮開心窮大方早已被市場化拋棄。

然而我們也要看到，金錢並不能給我們帶來真正的快樂，富有的人並不一定能得到進入天堂的通行證。還是那句老話，君子愛財取之有道，這裡的 "道" 就是正大光明、就是公平合理。我們所獲得的每個銅阪都應該乾乾淨淨，我們的每一筆收入都應該問心無愧。當然在良心和道德之間，我們的確有時很難是非分明保持平衡，故而才出現那麼多大商人捐款捐物助學修橋，慷慨解囊救災救難。可是再多的錢財也難贖回自己丟失的清白，莫以善小而不為，莫以惡小而為之。

除此之外，還有一個怎麼花錢的問題，這就是金錢和我們之間的主僕從屬關係。做自己的主人，說得多麼輕鬆愉快，但面對金錢這句話總讓人很難理直氣壯。燈紅酒綠聲色犬馬會使我們在意亂情迷之間走失了自我。

第四，

最後就要說到這個 "氣" 了，這當然並非我們身體上下排出的氣體，這個氣就是我們的心態，就是我們待人接物的價值取向。許多時候我們的失敗都是緣于不正常的心態，妒忌仇恨虛榮報復就是一柄雙刃劍，不僅傷害了別人更會傷害我們自己。如果你在報復中獲得了快樂，那麼你的靈魂就像一塊感染黴菌的肉，離著腐爛不遠了。

以上這些眾所周知的不良心態之外，我們的好心有時往往讓我們和美好的初衷南轅北轍，讓我們的好心得不到好報。比如同情心對我們來說，應該是真善美的體現，應該是美德賦予我們的極高境界。可是我們如果捨棄了假惡醜的標準，就會重蹈農夫和蛇的覆轍。此外還有我們的責任心，如果我們將自己的責任無限放大，就像一隻母雞想去拯救黃鼠狼的靈魂，其結果自然可想而知。宇宙間萬事萬物皆有自己的規律，符合規律的行為就是我們的最高原則，我們的心態不能違反這個原則，順其自然才是立於不敗之地的保證。

我非常喜歡蘇東坡說的："飲酒不醉是英豪，戀色不迷最為高；不義之財不可取，有氣不生氣自消。"還有王安石的："無酒不成禮儀，無色路斷人稀；無財民不奮發，無氣國無生機。"宋神宗深為讚賞王安石而和詩一首"酒助禮樂社稷康，色育生靈重綱常；財足糧豐家國盛，氣凝太極定陰陽。"

朋友們，面對酒色財氣，我們該何去何從呢？

29　七月七所想起

　　市場化讓中國情人節與西方情人節有的一拼，什麼七七蜜月行、愛之旅、鵲橋蜜月遊等等，使純真浪漫的愛情沾滿了銅臭味兒。

　　鈔票與情感本不該畫上等號，我記得父母多次說過，他們結婚時只買了些糖果、花生、瓜子加上茶水，這樣簡單的婚禮雖有些寒酸，可照樣熱鬧歡快其樂無窮。我當年結婚時也沒大肆操辦，只請了雙方的家人，一共兩桌，親人們同樣喜氣洋洋心滿意足。

　　不久前一位朋友女兒結婚，邀請我們參加，我沒多想便欣然前往。不料婚宴場面令我大吃一驚，一家四星級酒店被全部包圓，燈紅酒綠鑼鼓喧天，排場之大幾乎可與國宴相提並論。另一位朋友的兒子不久前結識了女朋友，朋友說他兒子要利用今年七月七情人節結婚，並大談如何進行浪漫的婚禮。好事成雙，所以必須出國遊完兩次，一次去歐洲，一次到美洲。

　　按照自己的經濟實力盡情享受人生，誰也沒權利說三道四，花自己的錢繁榮市場更值得點贊。然而，用金錢和熱鬧來提高愛情的價碼，這到底能說明什麼呢？七月初期，是傳說中的牛郎和姪女的愛情被無情的王母娘娘拆散，他們只有在七月初期這個夜晚才能渡過銀河相會。這個神話故事之所以流傳至今，是因為人們渴望愛情永遠擺脫地位、金錢、出身、相貌等等世俗標準的困擾，追求那種真正純淨浪漫的愛情。

　　可根據當下婚禮越辦越豪華奢侈來看，現今的社會仍然被這些不那麼純真的東西所綁架，七月初期這個中國傳統文化節日難道當真需要被市場用作賺錢的大好機會嗎？

　　前面所說的兩位朋友，不過是收入菲薄的小老百姓，卻被當下豪華婚禮所裹挾為面子所困，一場婚禮下來，一屁股債務多少年都還不清。當然利用婚禮收紅包也成為一種社會現實，可那些出於無奈不得不經常掏紅包出席婚宴的人們也非常苦惱，他們同樣被大肆操辦的婚禮壓迫的走投無路。但願情人節只為了一個情字，但願單純高貴的愛情永遠別被銅臭污染。

30　來自農村的家政服務員

　　小李是我家的鐘點工，和千千萬萬普普通通的農村婦女一樣，離鄉背井走進陌生的城市，為了生計開始了她們的打工生涯。

　　如今許多我國婦女的傳統美德在城市女人身上已經蹤跡全無，比如吃苦耐勞、勤儉持家、任勞任怨、尊長愛幼，這樣的美德曾讓中國婦女在世界婦女中享有很高聲譽。今非昔比，隨著城市生活水準大大提升，那些從小養尊處優的城市女孩們，對勤儉持家樸實無華的美德根本不屑一顧。

　　在小李身上，，這些美德卻毫髮無損，在她的一言一行中閃閃發光。有一次，小李的女兒病了，可是她並未提及，仍然像往常一樣打掃衛生洗衣做飯。我母親偶然發現小李臉色很不正常，眼眶似乎有些潮濕。再三追問之下，小李才吞吞吐吐道出實情。我母親要她立即回家照顧女兒，可小李說自己的工作時間未到，怎麼也不願離開，最後還是我母親硬將她推出家門。第二天小李幹完工作後，說昨天少幹了工，堅持多幹了一會兒。小李說做事做人一個道理，定好的規矩不能變動，否則做人就會打折扣。

　　還有一次，小李買菜回來，交帳時發現少了錢。這一下可把她急壞了，她的額頭上冒出豆大的汗珠子。我母親連忙說沒多少錢，今後仔細一點就可以了。然而小李卻說做人一定要清清白白，錢多錢少並不重要，哪怕是一分錢也要小蔥拌豆腐算得一清二楚。她拿著剛買的菜重新回到菜市場，找到了賣菜的，經過仔細盤點，終於弄清了帳目。

　　一個深夜，我母親突然發起高燒，弟弟因公出差，我只好打電話找到小李。接到電話，小李火燒眉毛般趕了過來，二話不說，護送我母親前往醫院。小李在醫院整整賠了一夜，忙前忙後搞得不亦樂乎。第二天我們全家都對小李感激不盡，另外多付給它一筆錢。可小李說什麼也不願多拿，她說這是做人的本分，哪個都會遇到困難，誰都會對別人的困難伸手相幫的。他這句話讓我有些臉紅，如果遇到這樣的情況，換了我當真能做到嗎？

31 五月初五 話端午

　　端午節是中國最具傳統色彩的節日之一，據說，韓國和越南都想將這個節日據為己有，可是無論從端午節的來源、還是從參加人數之廣泛來看，這個節日非中華民族莫屬。

　　大家都知道，端午節距今已有兩千多年的歷史，其意義有四。第一是為了紀念屈原，這個著名詩作〈離騷〉的作家，他為了反抗別國的入侵，投江而亡。第二是紀念伍子胥，他為了報仇雪恨，從楚國投靠吳國，滅了楚國，可是最終反被吳王所殺，他的忌日就是端午節。第三是為了紀念東漢的孝女曹娥，為了尋找父親的屍體，十四歲的她跳入滾滾大江，之所以紀念這個女孩子，是為了教育孩子們不要忘記父母的養育之恩。第四是有人將這個日子作為對現代女革命家秋瑾的紀念，不過大多數人似乎對此一無所知。

　　隨著現代化的腳步，傳統節日在年輕人心中的地位越來越有名無實沒分量。他們寧願對情人節、耶誕節投入更大的熱情，寧可在西洋節日裡縱情狂歡。國家為了振興中華民族的文化，保持傳統，將端午、中秋、清明等傳統節日定為法定節日，並放假 3 天。

　　端午節的傳統食品老三樣，即粽子、鹹鴨蛋和綠豆糕，這些給我們留下不可磨滅、美好記憶的食品，可惜現在也改頭換面了，加上精美的外包裝，價格自然更昂貴，使得一般人敬而遠之。因此，讓我們覺得這個節日失去了中華民族的傳統本色。除了老三樣，端午節還要喝雄黃酒，點燃菖蒲，然而據說雄黃酒中含有對人體有害的礦物質，而菖蒲現在也很少看到了。

我住的南京市，最近幾年在莫愁湖公園舉行了聲勢浩大的端午節划龍船比賽，每年的這一天，來自全國各地甚至臺灣和海外的賽手濟濟一堂，讓南京的端午節變得盛況空前。不過比賽場裡外的各色廣告，乃至賽手們的身上都突出了商品的品牌，無孔不入的商家使端午節沾染了廣告的味道。不過，世界就是這樣，時過境遷、往事如煙，隨著歷史的步伐，許多美好的往事，不是離我們越來越遠，就是我們跟著往事的腳步，和時代愈離愈遠了。

每到端午節，總讓我想起白蛇傳的故事，小時候曾看過這個故事改編的電影。

印象最深刻的，是白蛇精如何解救她的丈夫許仙：許仙在端午節那天請妻子喝了雄黃酒，酒的作用讓白蛇現出了原型，嚇壞了許仙，之後，許仙心存恐懼生了一場大病。

白蛇為了解開許仙心結，耍了一點計謀：她用白色腰帶掛在床頭，叫許仙進去看，許仙心存餘悸的望了一眼，那垂掛的白色緞帶，正是他看到的大白蛇的姿態，那蠕動的白蛇正如飄動的緞帶，許仙恍然大悟，原來是自己喝了酒產生錯覺，把緞帶看成蛇了，許仙相信自己的枕邊人不是妖怪後，病也就不藥而愈。

這個神怪故事，我不只以愛情的角度去欣賞，還從食物營養學的角度去解讀；端午節正值春、夏交替，濕熱悶燒，五毒俱出，是疾病的溫床，從前醫學不發達，只好延用民俗療法，將一種叫做雄黃的礦物泡在米酒裡，傳說喝了可以去除疫病。

因此，端午節喝雄黃酒是一種防疫措施，而酒有揮發性，喝了酒之後血管皮膚是揮發的出口，蛇皮沒有毛孔，白蛇精因此被酒氣悶得痛苦難當，這有如人的過敏體質，從食品營養學來看，也堪可參考。

再從美學的角度來看，任何一種動物痛苦的時候，都會露出最真實、最自然的面目，白蛇的外相是柔軟、修長的，受苦現出原型是合乎自然法則的。無論是痛苦的犧牲，或求生的掙扎，無關善惡，只要是本性流露就是一種美，跳脫出物種本位，人和蛇和萬物都是平等的，蛇的原型就不可怕了。愛，可以超越物種，我認為這也是生命教育的一環。

如果以心理學的角度來看，許仙明明看到枕邊睡的是一條大白蛇，一時驚嚇過度產生波動，氣血不順，生了一場大病，這個心結一直停留不去，白蛇的計謀解了他的心頭大患，用念頭的牽引治好心病，這不就是告諸世人「保持心的清淨，時時掃除疑惑」，就是對治憂鬱症的方法嗎？白蛇傳的故事留給我這麼多的思考，讀者認為呢？

我曾以這個故事請教學心理學的朋友，他回答如下：

第一，這是一種心理暗示的方法，用類似的比喻療法，解除病人心中隱患，解除病人的恐懼感覺。

第二，中醫認為，病皆因七情六欲所致，凡被情欲所擾，必以安定其情緒為治療之首，如情緒煩亂，責任和藥物都屬無效。

第三，動物中，蛇、蟹、鱉等，對酒精都特別敏感，有農夫以捕捉這些動物為生，常常會在其口內滴少許白酒，動物則爛醉如泥，原形畢露。所以說這個神話故事編得很有科學理論根據。

當然內中的善惡另當別論，一般認為白蛇屬於善類情種，可法海也是為了佛教而將白蛇鎮壓，所以只好見仁見智了。

32 女人如水

　　古往今來，人們總將女人和水當作話題高談闊論，總把有血有肉會哭會笑的女人，和無色無味無形無性的水相提並論。這樣的比喻決不是將兩種不同的物質混為一談，只不過是取兩者之間所特有的共性。所以無論怎麼比較，女人終歸是人，而水只不過是一種無機物，是氧和氫的一種組合形式罷了。

　　水從天上來時，原本是無色透明的，就像空氣一樣純淨。。可一旦落到地面，立刻就有了顏色，並且隨著所接觸的不同物質變幻莫測，甚至成為墨一般的全色，冬天之後池塘的水漸漸轉綠，這是因為池塘裡的生命開始蘇醒，春色換來碧波蕩漾。動脈中的血液紅得觸目驚心，是因為含氧的血紅蛋白正在燃燒我們的生命，讓這葉小舟駛向理想的彼岸。濃郁的墨汁，是樹木經過煙薰火燎所餘下的精華，水融合了這樣的精華，書寫出的文字能經得起歷史的考證。遼闊的海洋，和天空一樣湛藍，是因為深深的海水濾過了所有的色彩，只把藍天留在自己的懷抱。

　　女人是天生的色彩動物，她們挖空心思想方設法，總在為自己增光添彩。從紅褲子綠襖直到現在的流行色，花色翻新層出不窮，真讓人眼花繚亂美不勝收。色彩雖能讓女人變得更妖嬈俏麗光彩照人，可若沒有情感的嫣然多姿，若沒有思想的出類拔萃，若沒有風格的高雅脫俗，色彩的修飾只能是徒有其表而已。“雖有粉黛三千，不如回眸一笑"，說的就是內在的色彩勝過外表的脂粉何止百倍，神采的飛揚高過平庸的塗抹何止千丈。女人們，用你們真善美的心去尋找屬於自己的色彩，用你們靈動的思想去尋找那一塊永不過時的調色板吧。

水從天上來時，原本是純淨無味的。然而，廣闊無垠的地球上，酸甜苦辣鹹五味俱全。無論水流到何處，也難免被薰陶入味，也難免被地球隨心所欲地改變了品位，那一份先前的純淨，就在薰陶中不復存在。我們總用純潔天真來形容女人，似乎女人就應該和剛剛出生的嬰兒一樣，似乎女人就應該永遠生活在一個真空的世界裡。且不論這樣的想法出於何種動機，就想像這樣一個玻璃般透明無味的美女，又能給世界帶來多少快樂和幸福呢。任何女人都逃不脫所處的環境，都不可避免被周圍的人或物所薰陶，都感同身受於周遭變幻莫測的世態炎涼。與生俱來豐富多彩的情感，讓她們把喜怒哀樂演繹得出神入化，把酸甜苦辣渲染得恰到好處。

一個真正完美的女人，應該甜如蜜汁，把我們的心尖兒浸透，使所有的付出都心甘情願；應該酸如老醋，讓我們滿口生津，對任何處境開懷而樂；應該苦如釅茶，往日的情懷就在這細細地品嘗中，有了另一番新的感悟；應該辣如烈酒，瞬間點燃我們的熱情，把靈魂送進忘我的境界。如此女人，猶如一部百看不厭的書，三百六十五天，每一頁都是醉人的篇章。

水來源於空氣，原本就沒有固定的形狀，更無法用尺寸加以度量。然而，流動著的水將任何一塊土地視為自己的家園，隨波逐流隨遇而安，造就了另一類千姿百態的美麗。無論是遼闊無際的大海，還是涓涓嫋嫋的小溪，無論是幽冷寂寞的深井，還是靜如止水的平湖，各有各的美妙，各有各的絕倫。大海博大寬容的胸懷，像母親一樣讓我們將自己投入她的懷抱。小溪的一路歡歌,把年輕的生命張揚。就是那深藏於地下的井水,也在用摯誠的愛,默默守候著屬於自己的一方藍天。平平淡淡的湖水,把愛奉獻給岸邊的垂柳,盼望徐徐吹來的春風,舒展柳枝劃過柔軟的新房。

雖然女人在社會上有不同的稱謂,雖然她們在各行各業中都可能盡展風采,但只有美和愛才是她們作為一個女人生活的全部主題。然而美和愛也在年復一年的推陳出新,三寸金蓮三從四德儘管在當時是一種美,可這樣的美決非女人的本意。隨著社會的發展,女人的地位與日俱增,對美的追求也與時俱進,花樣百出窮盡鮮招。無論是割眼隆胸還是抽脂瘦身,為了這個美,它們也付出了血的代價。其實這種行為和三寸金蓮並無二樣,都是為了取悅他人的眼球。改頭換面只能失去自我,讓一個面目全非的美招搖過市。如果讓愛和美也投放市場,讓這一份真實也隨行就市,女人就只能作為商品待價而沽。女人們,把握住自我,真實的美和愛是上天賦予你們的無價之寶,讓這份自然真實給你們的心靈帶來可靠的感動。

水性楊花,當然是指水的性格變化多端,當然是說誰從來就沒有過一個定性。水雖然不像空氣那樣看不見摸不著,可是除了脫胎換骨的冰之外,任何人都無法給水下一個確切的定義。或冷或暖全依仗外界的溫度,或軟或硬得依據礦物質的含量。飛流直下三千尺靠的是巨大的落差,初一十五逐浪高是月球引力所致的潮起潮落。如此說來,水似乎完全沒有自我,完全被外界控制。其實不然,看來柔弱的水,卻是刀斬不斷捶打不散,能屈能伸百折不撓,竟讓無數英雄折彎了腰。水滴石穿證明了它的持之以恆,逆來順受也可謂顧全大局。如果說水有個性,那應該就是不達目的誓不甘休。孟姜女用眼淚哭倒了長城,花木蘭萬軍陣中所向披靡,我們的津津樂道當然是出於對巾幗英雄的崇敬，當然是出於對女人的讚美。風雲人物中無論如何少不了女人的點點風采，群英薈萃自然也必有她們的一席之地。如果追根尋源，那麼女性是所有人類的起點，擎天白玉柱，架海紫金梁，無論多大的人物皆出於女人的身體，這是亙古難改的不朽真理。

水從天上來，流過了坎坎坷坷，流過了日日夜夜，在時空的輪回中輾轉反側，川流不息。用千古的絕唱，用萬世的詠歎，在天地間留下最美好的見證。無論艱難困苦還是榮華富貴，無論曇花一現還是度日如年，人什麼樣的環境都改變不了最純潔 H2O 的性質。你看見藍天上悠悠飄過的朵朵白雲嗎？，那就是水婀娜多姿的昇華。你看見過雨後那一彎七彩的虹橋嗎？那就是水用自己純潔的生命描繪出最絢爛的風采。水從天上來到人間，最終還要回歸那片蔚藍的天空。

33 男人似火

　　火伴隨著我們走進了文明，讓我們頂天立地用人的目光看世界，幾千年來，火已經成為人們生活不可或缺的一部分，無論在物質上還是在精神上，我們和火早已難分難解。有了火，我們不必茹毛飲血，不必再像野獸一樣只靠一身皮毛抵禦嚴寒。然而，火的奇妙並非僅僅在於本能的需求。無論是星星之火還是烈焰熊熊，火苗總是向著藍天，把全部的熱情都獻給了回歸的奮鬥，直至灰飛煙滅。自從普羅米修士把火從天庭偷到人間，每一個男人的心就開始燃燒，就準備著為奮鬥貢獻出所有的熱情。一個沒有燃燒過的男人，如同敗草朽木，除了繁殖出一窩窩菌類別無他用。而這種類似母腹的孵化作用，絕對令任何真正的男人所不齒。

　　如果說男人的一生是燃燒的一生，那麼此種燃燒則產生於對理想的窮追不捨，對責任的義不容辭，對事業的一如既往，對愛情的善始善終。火苗之所以不停的向著天空躍躍欲試，是因為燃燒時的熱情讓他們脫離地球的引力。對一個男人來說，酒色財氣就是相對於理想的引力。

　　所謂酒，就是各種嗜好，一個沒有嗜好的人很可能是一個孤家寡人，但是如果被嗜好扯住了腳，那他一輩子也飛不起來。所謂色，就是男歡女愛，一個沒有欲望的人，就像和尚一樣色色空空，不過縱欲和亂倫會讓一個墮落的靈魂永世不得超脫。所謂財，當然是指金錢，錢不在多少，在於取之有道，用之有益。所謂氣，是指我們的心態，忌妒，虛榮，報復，仇恨，都是我們的大敵。同情，責任，也需用之得當。對一個真正的男人來說，理想的王國應該是天國，那一片蔚藍的天空是每一個男人魂牽夢縈的地方。讓我們為了理想燃燒，擺脫酒色財氣的羈絆，展翅飛翔。

火的責任在於奉獻，無論是在爐膛裡默默燃燒，還是在夜空中盡展流光異彩，他們都是盡心盡力，直至化為灰燼。而一個男人的責任則體現在對社會對國家對家庭所盡的義務，任何自私、冷漠和置身度外，都與我們的義務背道而馳。所謂天馬行空獨來獨往，那完全是一個和地球格格不入的外星人的行為。我們的七尺之軀，應該奉獻給自己的祖國，應該奉獻給我們的親人，這樣的奉獻沒有任何討價還價的餘地，應該是義不容辭的。

火來自天庭，帶來了天堂的資訊，根據所有的版本，那個地方應該是公平合理秩序井然的。無論大小神仙，一律各司其職、各顯神通、按步就班、一絲不苟。我們嚮往那個地方，就是因為那裡有一種神聖的威嚴，是屬於精神主宰的地方。神仙們之所以大慈大悲救苦救難，理所當然因為他們感同身受與天庭的神威。火對於燃燒也是如此，無論是點燃一支天價雪茄，還是為流浪漢烤暖胸膛，都是一如既往無怨無悔。眾所周知，社會工作五花八門，各行各業缺一不可，無論是日理萬機的總理，還是鋤禾當午的農夫，都是為了我們幸福的生活。一個心中有了高低貴賤的人，恐怕很難將自己說成大丈夫，而大丈夫則是真正男子漢的同義詞。不管何種職業，都應該是男人盡展雄風的用武之地，都應該是男人視為生命的事業。

我們知道，感情是人與人之間的粘合劑，而愛情則是男人和女人之間的粘合劑。人們通常用如魚得水、如膠似漆來形容愛情，然而這樣的形容其實並不到位。膠和漆只是塗抹在其外表，絕對無法把兩顆心融為一體。火卻不然，即便是兩塊冰冷堅硬的鋼鐵，在上千度的高溫中也必將化為同一爐水。由此可見，如火的激情才能達到真正的情投意合，才能保證愛情的完美。無論怎麼開放，男人在愛情中的主導地位是不可撼動的，因為綜上所述，男人的胸膛就是火的所在，而女人的主導只能產生於母愛。男人，用你們火一樣的激情，去溫暖如水柔情的另一半，讓你們的愛情水火相繼、天長地久。

也有人把男人比座高高聳立的山峰。這樣的比喻不只是山峰的挺拔高傲，凸現男人的雄姿。現在讓我們站得更高一點，看看這些山峰。多像靜止了的火焰。燃燒忽然間凝固，舞蹈忽然間定格，火失去了溫度，像一座座雕塑，把回歸藍天雕成了一個永遠的夢。水流拍打著冰冷的岩石，把失望的淚花灑向那個曾經燃燒過的身體。白雲纏綿在高昂的山頂，就像夢中的浮想聯翩，彷彿夢中仍在呼喚，來吧，再來一次轟轟烈烈的燃燒！

34　孩子為什麼成了啃老族

　　近年來，越來越多的孩子被父母放到國外去深造，可是往往事與願違，其中有不少孩子後來變成了啃老族—相當於臺灣朋友說的草莓族。這兒的啃老族，將出國深造視為旅遊玩耍，拿著父母辛苦掙來的鈔票盡情享受，玩得爽快，活得瀟灑。等鈔票花光了，不得不老臉皮厚的重新回到父母身邊，繼續啃著自己父母的老本。

　　究其原因，這些孩子的父母也不無責任，他們從小對孩子的教育就有偏差，任憑孩子花費金錢，忘記了對孩子的人格和素質的培養，結果卻適得其反耽誤了孩子的前途。我有一個朋友，拼命攢錢將女兒送到國外，可是沒料到女兒在國外白白度過四年，回國後啥也沒學到，最終進了一家餐館當服務員。

　　我並不是說當服務員就不如別人，而是看那孩子自己也很沒自信的樣子，很替那個孩子的前途擔憂。我認為送孩子出國，一定要明白出國的目的，孩子也要明白他自己的人生目標，否則就可能勞民傷財，白白浪費了青春年華，浪費了父母的血汗錢。

　　我的外甥女和侄兒也都出國了，一個在日本學了平面傳播設計，已開始工作。前幾年攢了錢又去法國讀博，很快就要答辯論文了。我的侄兒更厲害，在英國拿到博士學位後，被一所著名大學錄用，如今已成家立業生下兒子，成為英國中產階級一員了。他們在國外都圓滿完成學業，雖家裡也給與補助，但多半靠課餘打工維持生活。

我覺得父母在孩子的成長過程中有很大的身教作用，如今大多家庭都是少生育精養教，孩子至少集了六人的寵愛于一身，外公外婆爺爺奶奶爸爸媽媽，那個不是將他捧在心上，予取予求，孩子的生活目的不再是掙錢過日子，而是享受不勞而獲的金錢。

我自己沒有孩子，比較能客觀看這個現象，要是為人父母都希望自己的孩子生活快樂，應認真思考孩子有沒有吃苦耐勞的生活教育，孩子有沒有自食其力的技能訓練，是誰讓孩子成了啃老族？我覺得這個問題無須答案了。

35　瑞雪紛飛「話今夕」

　　一月中旬，南京落下了一場大雪，總算了了大家的心結。要是沒有這場雪，總覺得今冬缺了點什麼。千百年來，人們對「瑞雪兆豐年」早已形成了共識，似乎一場大雪當真能給我們帶來一年的幸福快樂，能讓我們遠離痛苦煩惱。

　　我站在家門口，雪花無聲無息的飄落，轉眼間就落滿了全身，看來這場雪還挺夠意思的呢！種過莊稼的人都知道，這樣一場大雪，會凍死不少害蟲，來年的莊稼就減少了蟲害。雪覆蓋了莊稼，融化變成的水分，一旦溫度回升，莊稼就會迅速的成長。

　　從小到大，每年下雪天都是人們最快樂的時刻，無論大人小孩，總喜歡捧起潔白晶瑩的雪，讓那一絲絲清涼爽快透過手心滲入心田，帶給我們最純潔的喜悅。

　　忽然想起 2008 年那場大雪，南京的電視臺電臺報紙都刊登了一條有趣的新聞。那是一對新婚小夫妻，在南京變得家喻戶曉。事情的起因是，一位大貨車司機駕駛途中，忽然發現和他交會的一輛白色桑塔納小車的車頂上，竟然坐著一個身穿花衣裳的小女孩。司機頓時緊張起來，迅速撥打 110，通知員警趕緊救下那個身處險境的小女孩。

　　員警立馬沿著司機提供的路線搜索。經過將近一個小時的尋找，終於在柳河附近發現了那輛白色桑塔納，車頂上果然坐著個身穿花衣裳頭戴花頭巾的小女孩。等員警走到跟前才看清，哪裡是小女孩，居然是一個用雪堆成的小雪人兒。遠看很是惟妙惟肖，難怪那個司機會報警呢。

經過詢問，原來年輕的丈夫，看到自己的車頂上堆滿了雪，突發奇想，動手堆砌了一個小小的雪人兒。年輕的妻子也愛玩鬧，找來自己的花衣裳花頭巾，將那個小雪人兒打扮得漂漂亮亮。員警被這一對小夫妻搞得哭笑不得，也沒法根據條款加以處罰，只好搖著腦袋離開了。

如今任何地方任何新聞轉眼就出現在手機微信上，這幾天全國各地有關下雪的圖片資訊站滿了手機螢幕，五花八門不一而足。全國各地無論城市鄉村，滿處都是紛紛揚揚的雪景以及由此產生的消息。交警冒著大雪指揮交通；市政工人頂著嚴寒掃除積雪；官員不辭勞苦訪貧問苦；車友不顧路堵雪中玩鬧；孩子歡天喜地打雪仗滾雪球等等。

從前得天獨厚霸佔媒體的電視廣播報刊，如今不得不退避三舍，厚著臉皮從老百姓的微信中提取最新資訊。

數不清的人面對雪景，一個個舉起手機拍下這片難得的美好景色，下一秒鐘便出現於各自的微信群李，轉發、轉發、再轉發，一瞬間傳遍了全國乃至全世界。

無論哪兒的感人場景，無論哪兒的冰雪美景，都在第一時間變作微信中的真實畫面。

雪花還是那樣紛紛揚揚漫天飛舞，我們的生活方式卻發生了變化，今非昔比物是人非，快樂是永遠變不了的。

36 一年一度高考時

　　今天 6 月 8 日，是一年一度高考最後一天，今天隨著高考的結束，所有圍繞高考的關注點都暫時告一段落。然而今年的高考和往年有所不同，大大的出乎了人們的意料。

　　高考作為年輕人走進社會的一道門檻，從來都是鯉魚跳龍門那樣讓人感覺高不可攀而又非跳不可。我記得當年帶我妹妹的女兒時，高三那年簡直就像是跨過鬼門關，至今想起來還是心有餘悸。從高二開始學校就將畢業生封閉起來進行魔鬼複習。外甥女上的是南京最好的中學－南京外國語學校，為了準備高考，也為了保持全市最高的升學率，南京外國語學校專門租下了一所已經關閉的職業學校校址作為畢業生複習的禁區。除了已經被確定的保送生之外，其餘學生統統被關在與外界隔絕的校園內，門口還二十四小時游景衛看守。在複習時間內，沒有特殊的理由，任何學生都不得跨出校園一步。

　　到了高考的時候，更是泉南京最重要的時刻，大報小報電視電臺，頭版都是有關高考的新聞和花絮。

　　然而今年卻有些不同於往年，許多新聞媒體的記者們早早聚集在考場門外，準備大大的採訪家長們一把，電視臺還派了採訪車，與總部連線，好隨時發出最新的消息。可是記者們失算了，許多考點的門口冷冷清清，竟然連一個家長也看不到，幾個重點考場門外，寥寥無幾的家長們臉上完全是淡然的神情，他們都像是超脫出來了。記者們一個個傻了眼，他們百思不得其解，難道高考變得無足輕重了嗎？

我一開始也有些摸不著頭腦，可是細細一想，其實並不反常。原因有三：

首先，這些年大學擴大了招生數量，每年能進入高校的學生數量大大增加了，高考錄中率已經達到了百分之七八十，就是說只要水準一般就完全可以輕輕鬆松跨進大學的校門。

其次，隨著就業形勢的逐年緊張，大學畢業生也不能倖免，許多一般大學的畢業生都無可奈何的加入了失業待業的隊伍，現在即便考中大學也不一定就是端上了金飯碗。

再說，近年來教育部門為了克服大學生那種高人一頭的思想，進行了大學生就是普通勞動者的宣傳教育，甚至有些地區還專門下了檔，嚴禁搞什麼選拔狀元的活動。這樣一來，使得大學生和他們的家長們對進入大學校門也不把高考得中看作像跳過龍門寺的感覺良好了。

這樣的考試狀態讓人喜憂參半，一方面家長和學生都放下了包袱，不像從前那樣擠著跨獨木橋，經常會發生失足落水的悲劇。然而隨著對大學的失望，人們會不會同時產生讀書無用論呢？總而言之，我們的教育必須澈底改革，校園與社會應該建立一條直接通到。

37　車水馬龍開學日

　　九月一日，南京市的大中小學都開學了，這也是近年來南京進入秋季的一大景觀。和以前不同的是，學校門前熱鬧的情況，來自於各式各樣的汽車，好像汽車博覽會，大大小小排列成長長的龍王陣。

　　朋友的兒子小伍今年剛考進了南京一所較好的高級中學，他開車送兒子上學的經過真令人感慨，那天早晨，朋友和家人都認為開車送孩子上學不必早起，提前半個小時足已，然而等他們到了離學校還有將近一公里的地方，卻發現前面一條長長的車流。他們等得不耐煩，只好下車步行，走進學校，還是遲了十五分鐘。

　　據說南京市所有的交通警察，在開學日都不能休假，一大早就要到各個學校門口去維持秩序。家裡離學校只有半小時路程的學生並不少，沒有買汽車之前，孩子都是步行上學的，從未遲到過。那天學校裡有好些外商老闆的孩子，都是步行或騎自行車上學，他們家裡大都有車有司機，卻寧願自己開動十一號，也不願讓父母開車送行，真有智慧。

　　據統計，南京大學仙甯校區開學那天，共湧進一萬輛汽車，差不多和全校學生的數量相當。其實，該校至少一半的學生家裡沒汽車，也就是說，那些有錢家裡的孩子，送行的不只一輛車，到底是孩子們講派頭？還是父母寵愛過度？

　　在差不多的時間，北京清華大學也出現更令人驚奇的狀況，來自中國各省的父母送孩子報到，招待所早就被預訂一空，導致學校到處是露宿的人們，看著運動場打滿地鋪，不知情者還以為清華大學在舉辦露宿大會呢！

　　中國改革開放以來，城裡百姓的生活水準都提高了，思想行為卻還沒跟得上，當今中國的父母仍以孩子上大學為榮，幾乎忘了孩子上學是求知學做人，若是好逸惡勞，視啃老為理所當然，和同學比闊綽，那實在不是國家社會的福氣。

38 不同的孩子 不同的暑假

　　長長的暑假，孩子們終於可以擺脫學校緊張的課業，開心度過一個假期了。南京市也為孩子們的暑假做好了充分的準備，各種夏令營早已蓄勢而發，遠足、戲水、音樂會、網路遊戲大賽、航模俱樂部，百家爭鳴不遑多讓。

　　然而，在許多不為人知的角落，其實還有一群孩子無法享受快樂暑假。舉例而言，較之我家小外甥女的際遇，到了暑假不只參加一個活動，每天都津津樂道談論夏令營的活動見聞，及同學們的暑假奇遇，我家計時服務員小王的小女兒，對夏令營的羨慕是不言而喻的。

　　現在農民工到城裡的越來越多，她們將自己的孩子帶在身邊，為了不耽誤孩子前途，教育部門和社會上有愛心的人們，為這些農村來的孩子開辦了農民工子弟學校。但居家生活條件，門窗漏風漏雨，冬冷夏熱，除了學習知識，其他活動基本等於零。暑假，孩子們更是無處可去了，他們不喜歡放假的原因可想而知。

　　這些年，許多台商攜家來到大陸，為了孩子的學業，專門開辦了台商子弟學校，沒有上臺商子弟學校的，也都入了大陸最高級的學校，不久前，北京台聯千人夏令營熱鬧落幕，說是兩岸學子交流，基本上還是擺脫不了物質水準的對等。

　　不知道有沒有人想過？辦一種施與受兩方一起活動的夏令營，讓那些生活艱苦的孩子感覺到社會的溫暖和友愛，另一方面也能讓那些不知吃苦是什麼的孩子，感覺一下生活中並非都是享受。

　　這樣的夏令營，可以從小培養孩子們的公平意識，讓他們懂得社會需要公平和諧友愛。

39　上補習班的孩子

　　週末，幾個朋友說好了帶我去爬紫金山，可是不料其中兩位朋友臨時打來電話，說面臨中考，孩子要上補習班，非得他們陪同前往不可。

　　聽朋友這樣說，我感同身受，因為當年我帶小外甥女時，也曾被這種地下補習班所困擾。

　　那時外甥女小學即將畢業，面臨著選擇一所好的中學繼續深造，不如此就難以一步步攀上更高的山峰。中國的應試教育世界第一，從幼稚園到小學初中高中直至名牌大學，沒有一個過硬的大學畢業文憑，今後很難在社會上取得成功。雖然說當時小學升入初中是按地區不用考試直接升入的，可是我們這個學區沒有好的中學，所以無論如何要利用好中學的自主招生名額，否則孩子一步步拉下來，就很難考上好的大學了。

　　我記得當年外甥女上的補習班很簡陋，外甥女說房間太小，一間十幾平方的小房間，居然擠滿了二十多位小學生。房間裡甚至連空調都沒安裝，一會兒所有的同學都汗流浹背了。外甥女瞅著滿屋子擠得水泄不通的同學，如坐針氈渾身亂動，直嚷著要回家。可是不行，這所補習班的老師是南京師範大學附屬中學的數學老師，據說教學水準相當高，小學升初中的考試卷中都有他出的題目呢。我還是通過好幾道關係才找到這位老師，經過我軟硬兼施反復勸說，外甥女終於勉勉強強同意留下補習。

吃得苦中苦方為人上人，經過一段時間的惡補，外甥女終於考上了南京最好的中學。

接著在中學階段，外甥女也多次上補習班，各種各樣的補習班我都陪外甥女去過，情況大同小異，要不是為了孩子的前途，我想哪個家長也不願讓孩子們飽受煎熬。

後來黑補習班氾濫成災，教育部門痛下決心，將補習班公開註冊，大家滿以為這樣一來孩子們就可以得到良好的學習機會和環境了。然而事與願違，補習班非但沒有改善環境，沒有減少家長的費用負擔，反而那些學校裡的老師們都被補習班老師的高收入所吸引，一個個躍躍欲試爭先恐後想辭職去開補習班了。這樣一來，學校裡的正常教學必然受到很大的衝擊，家長們憤怒了，紛紛抗議將地下補習班公開化。後來教育部門不得以取消公開著冊補習班，那些補習班又重回地下了。

年復一年，這樣的黑補習班至今仍活躍在南京的各個角落，家長們也仍不得不趨之若鶩深受補習班的困擾。不過最受害的還是孩子們，他們在學校裡已身心疲憊，還得到補習班裡繼續受折磨。現在回想起來，我覺得還是我們的學習體制有問題，大家都急功近利，都把孩子的學業看作第一重要。補習班只是應運而生，要改變學習環境，必須站在孩子的角度，為國家的未來看得高一點。

40　七彩語文夏令營

　　我的一位朋友兒子暑假開學後就要上六年級了，為了讓兒子在暑假裡提高語文水準及其他素質，朋友多方探尋，最後終於選中了小莊師範學院鳳凰賞識教育中心和七彩作文雜誌社共同舉辦的"七彩語文暑假夏令營"。

　　朋友興沖沖地告訴我，夏令營由著名的賞識教育專家楊瑞卿先生親自主持，還邀請了著名作家和教育家參加夏令營，為孩子們開展了以母語教育，體驗教育，和賞識教育為主題豐富多彩的活動。

　　雖然夏令營只有短短的五天，可是孩子們卻獲益匪淺，當夏令營結束後朋友帶著他兒子來看我時，小傢伙興高采烈的滔滔不絕，喜悅和滿足溢於言表。

　　第一天全夏令營三百名同學乘車去了溧水，主要是為了欣賞大自然的魅力，為了提高他們對農村生活的感性認識。同學們必須仔細觀察農村的各種動植物，觀察農村生活和城裡生活到底有哪些不同。回來後每人必須寫一篇作文，寫完後互相交換閱讀和批改，然後選出前十名最佳作文供大家欣賞，最佳作文還將刊登在七彩雜誌上。朋友的兒子遺憾的說自己的作文差一點就被選中，可見孩子們並不是不願意寫作文，而是要讓他們有豐富的生活體驗，要激發起他們對寫作文的興趣。

　　第二天同學們學習製作玩具，一位有經驗的老陶逸師指導同學們動手用陶土捏制出各式各樣的作品。老師先動手捏出了一隻精美絕倫的花瓶，然後讓同學們參考這枝花憑自己動手，要求其尺寸和形狀大致相同即可。然而朋友的兒子懊喪地說，看著簡單，全班同學竟然一個也沒達到標準。老實說這在意料之中，他的目的就是要告訴同學們，做任何事情都不是很容易的，要做到盡善盡美就更不容易了。接著老師就要求同學們自己隨心所欲的施展才能，想製作什麼就製作什麼。結果八仙過海各顯神通，花草蟲魚雞鴨貓狗，但凡能想像出的，應有盡有了。老師顯得非常開心，他讚不絕口的將同學們的作品一一拿起，指出作品的優點，同時也含蓄的將其缺陷指出，說只要再加一點點努力，同學們的作品就完全可以達到藝術品了。大家聽了都頻頻點頭，這樣的老師可謂真正的園丁，澆水膠到了根上，如果只是一位的批評，那些孩子絕對不會對逃逸產生任何興趣。

　　最後一天夏令營請來了著名的兒童文學作家金波先生，他用通俗的語言給同學們講了寫作知識。金先生贈送給同學們自己的作品，並在書中寫上了鼓勵的話，孩子們還和著名作家面對面地探討了寫作中的各種問題。通過這樣零距離的接觸，同學們對寫作產生了深刻的印象，從前孩子們覺得大作家離自己很遠，自己在努力也不可能變成作家，現在他們彷彿覺得作家並不那麼遙遠，自己也許會有一天變成大作家呢！

41　劉洋歸來的侄兒

　　侄兒暑假從英國回來，他在英國已讀完大學本科，下學期就要開始研究生課程了。兩年多不見，侄兒又長高了不少，而且言談舉止也有了一點紳士風度，真讓我們刮目相看。

　　好久沒有和侄兒一同出去走走，這幾天天氣涼爽，氣候宜人，我建議侄兒明天去中山陵風景區佚遊。我知道侄兒對中山陵情有獨鍾，那兒是他從小就喜歡的地方，林間小道上佈滿了他的足跡。不料侄兒掏出個小本子，一本正經的翻開看了看，說是明天一天都安排滿了，只有大後天下午才能陪我去中山陵。說完還抱歉的向我解釋了半天，說那些朋友同學都是幾天前約好的，不能失了信用。真令我有些驚訝，沒想到那個大大咧咧的男孩子一轉眼就變成了講信用的小紳士，看來一個誠信的環境對培養優秀的品質的確極為重要。

　　餐後爺爺對小侄兒開始進行關於艱苦樸素教育，這是老人家認為最重要的一刻，我們就是這樣從小被教育過來的。然而我們已經有些麻木不仁，那些老生常談使我們的耳朵都長出了繭子，所以爺爺說爺爺的，我們照舊喋喋不休談我們的話題。侄兒卻對我們很有些不以為然，他皺著眉頭對我們說：」別人說話的時候，最好不要隨便插話，這是很不禮貌的行為。尤其對老人，更需要尊重。"這一席話讓我們都鬧了個大紅臉。不過我們的心裡都很清楚，侄兒是對的。我們作為長輩，對這樣最起碼的禮貌都不加檢點，應該覺得羞愧。

以人為鏡可以正身，我們雖然都有了很多生活經驗，都在社會上摸爬滾打了半輩子，可許多最基本的生活準則卻被忽視。我們平日裡對社會上的不文明舉動常常說三道四，侄兒的提醒可以讓我們警醒，無論大事小事言談舉止都要先從自己做起。通過侄兒對生活對人的態度，通過他每次回來的變化，我們完全可以比較出中國和外國的差距。對照我們社會的種種陋習，看看許多國家注重人格素養的教育，真不能在豬鼻孔裡插大蔥－硬充亞洲像了。

42 飛出籠子的鳥娃兒

　　一日朋友與夫人來看我，剛坐下就長噓短探大吐苦水，說女兒生下來就是他們的冤家。我聽得詫異莫名，三年前他們夫婦倆為了慶賀女兒赴加拿大留學，特地舉辦了一場不大不小的宴會，那場面至今仍然讓我記憶猶新。一家三口喜氣洋洋，讓人覺得他們是世界上最幸福快樂的家庭，我還為他們的女兒能走上自己的道路頻頻舉杯恭賀呢！

　　待夫婦倆說完之後，我才知道他們的女兒出國留學畢業前夕竟然談上了一位三十六歲的男朋友，並且決定畢業後在加拿大登記結婚，他們夫婦就是因為這件事才憂心忡忡。朋友倒還蠻想得開，經過我的勸解反過來和我一道勸說他夫人，說孩子大了，該怎麼走路得由她自己決定。然而朋友夫人卻顯得更傷心，抹著眼淚說女兒不懂事沒良心，完全忘記他們的養育之恩。言外之意時說，自己的女兒一舉一動必須按照父母的意願，只要違背了父母的命令就不孝順，就是大逆不道的壞孩子。

　　我聽著，心裡卻非常感慨，因為當年他們也是冒著和家裡斷絕關係的風險才走到一起的。我的這位朋友身體不很強壯，女方父母堅決反對，後來朋友夫人硬是違背了父母的決定，毅然決然和我的這位朋友拜了天地。夫婦倆相親相愛，你敬我一尺我讓你一丈，至今仍然相愛如初。

如今輪到自己的女兒，令我難以置信的是當年那個追求自由婚姻的姑娘，現在竟然和它父母如出一轍，斷然反對自己的女兒追求婚姻自由。

於是我半開玩笑的說起他們當年的婚姻，朋友夫人頓時啞口無言，不過她的口氣還是很強硬，說如果女兒當真要和那個中年男人結婚，它就一定斷絕和女兒的母女關係。最後經過我和朋友的一再勸說，朋友夫人答應在和女兒溝通，很顯然她的口氣變得軟了很多。我認為咱們中國的家庭太傳統，家長對子女的自由干涉太多，從小到大根本不考慮孩子的獨立思考。這樣培養出來的孩子，怎麼可能會有獨立精神？怎麼可能具有創造性的思維呢？更為可悲的事，像我這位朋友的夫人一樣，自己遭受過的處境猶如過眼雲煙，那種狀況出現在孩子身上就不考慮孩子的想法和感受。真是好了瘡疤忘了傷，當了婆婆忘了媳婦時的悲催。

好在朋友的女兒如今遠在大洋彼岸，父母再堅決反對也鞭長莫及，我想朋友夫婦倆應該明白這個事實，他們的反對只能是和自己過不去。我嘴上沒說，心中卻暗暗為他們的女兒慶倖，如果住在父母身邊，自己找到的物件至少百分之五十是屬於父母的。飛出了籠子的鳥兒總算獲得了自由。

43 愛處罰學生的老師

　　國內媒體曾報導了一則消息，河南省焦作市解放區環南路一所小學的一位姓謝的老師，因為一名八歲女學生未帶作業本，而喝令其自打耳光一百次。孩子被罰後身心均受到嚴重傷害，哭叫著再也不想上學了。

　　又是一起教師處罰學生的嚴重事件，我想所有的家長們一定都會義憤填膺，一定都為自己的孩子在學校裡所可能遭受的不當處罰而膽戰心驚。我當年帶小外甥女時，也曾感受孩子被罰時那種戰戰兢兢的刻骨之痛，至今想起來還是心有餘悸。小外甥女每天放學回家總喋喋不休的訴說老師對他們的態度是好還是壞，可見孩子對老師的管教方式感覺多麼深刻，可見老師的一言一行在孩子的心目中有著多麼重要的影響。外甥女對一位教數學的女老師印象特別深，那位老師有一手絕招兒，她好像背後有雙眼，在黑板上寫著題目的時候對座位上的學生們一舉一動都一目了然。常常寫著寫著突然轉過身來，一揚手將手中的粉筆頭扔在做小動作或打瞌睡的同學腦袋，讓全班同學嚇得不敢亂動。那個粉筆頭扔得特准，百發百中，所以同學們都叫她神槍手老師。

　　小外甥女也曾被老師罰過，一天貪睡起晚了，上學時匆匆忙忙竟忘帶作業本，被老師趕回了家。可小傢伙居然拿了作業本也沒敢再回學校，硬是背著大書包在外邊遊蕩了半天。事後我問她為啥取了作業本不回學校？她說即便回到學校，也要罰站在教室門外，殺雞儆猴讓別的同學下次不犯類似錯誤。。

家長們對老師的過度處罰都很憤怒，但為了孩子，卻又忍氣吞聲敢怒不敢言。很多時候，孩子在學校受到不公正的處罰，回家還要忍受家長的責罵。更有甚者，許多家長竟然認為自己的面子被孩子丟盡了，痛上加痛對受到教師呵斥的孩子大打出手，使孩子們幼小的心靈遭受極其殘暴的傷害。

時至今日，學校老師對學生的體罰仍然屢見不鮮，媒體上也經常對這樣的現象進行批評。不久前，南京一所小學老師因學生在課堂上不聽講而大動肝火，竟然一巴掌將學生打了個耳膜穿孔。家長告上了法庭，結果學校和老師都作了賠償，可是那個小學生的耳朵卻留下了終身失聰的殘疾。關於教師體罰的批判讓我們聽得都有些麻木了，然而這類批判卻好似隔靴搔癢，始終沒有得到徹底地糾正。我覺得這種狀態和教師的心理有關，他們也是現行教育體制的受害者。為了升學率，他們也白天黑夜的飽受煎熬。要想糾正教師體罰學生的現象，除了讓教師樹立起和學生平等的人格尺規，還要徹底改良教育制度，讓教師和學生及家長都能減輕負擔，充分享受快樂教育的良好氛圍。

44　新南京圖書館觀感

　　11 月 12 日下午，我們去南京新圖書館參觀，宏偉的氣勢、肅穆安詳的氛圍、有條不紊的管理，無不讓我們讚歎不已。

　　南京圖書館於 2003 年開始動工，2006 年落成，歷時三年有餘。總共投資近十億元人民幣，全館占地約二萬五千平方公尺，真可謂一項浩大的工程。管內收藏圖書約八百萬冊，名列北京上海之後，越居全國第三大圖書館。

　　圖書館挖掘地基工程中，發現地下竟是古代南京城的中心。車馬大道、市政建築、排水系統一應俱全，於是與南京博物館聯合開發，在圖書館下建立了古南京城市遺址。地面全部採用厚厚的透明玻璃鋼，來此看書可以順便參觀古代遺址，真正做到了博覽古今文化一舉兩得。

　　我們在圖書館閱覽室、電腦中心、典藏中心一一走馬觀花，現代化設施讓人感慨社會的進步。

　　我最感興趣的還是視障閱讀館，專供盲人朋友使用的視障館近五百平方米，收藏了數量可觀的各種盲文書記和有聲讀物。盲人在這裡可以盡情閱讀自己喜愛的圖書，還可以使用管內的設備將所需要資料下在列印帶回閱讀。所有圖書和設備一律免費，充分顯示了我們的社會對盲人的關愛。視障館的負責人江軍小姐非常熱情，她詳細介紹了管內設備和可供閱讀的各類圖書。除了盲文圖書，還有

路在磁帶上和燒錄在光碟上的有聲讀物。除此之外，還有十台安裝
了陽光語音軟體的電腦，供會使用電腦的盲人朋友上網閱讀。在介
紹過程中，不時有盲人尋求幫助，江軍總是不厭其煩有求必應，用
極熱情誠懇的語氣和盲人交談，並親自扶著盲人們在管內尋找圖
書。我覺得圖書館的設備和書記量是一回事，更重要的是熱情周到
的服務，是以人為本的人文精神，這樣的南京圖書館才是南京人的
最愛。

三、

浪漫旅遊篇

45　林妍杉下林岩寺

週末，是萬里無雲秋風送爽的好天氣，我們按照前一周的計畫，驅車前往六合縣東邊的靈岩山。

關於靈岩山，一直有許多傳說，一說是；當年玉皇大帝和王母娘娘一道來這兒遊覽，王母娘娘被美麗的風景迷住，再也不願回到天上。玉皇大帝為了討好王母娘娘，將整座靈岩山移往天庭。於是山原來的位置，變成一片碧綠的內海，由於生態環境好，海裡的魚蝦迅速繁殖起來。王母娘娘回到天庭後，心想這座山應該還給人間，便讓玉帝下令將靈岩山重新搬回六合。

靈岩山回來後將內海填滿了，那些魚蝦被壓在山底全變成了五彩繽紛、晶瑩剔透的瑪瑙雨花石。南京的雨花石聲名遠播，可是真正地道的卻是六合靈岩山，現在，六合將雨花石的挖掘也開發成本地的產業之一，除了大量出口，每年都有大批遊客來此親手挖掘雨花石，並且也真的有人挖出不少傳世珍品。

靈岩山的山腳下新落成了一座寺廟，名叫靈岩寺，規模宏偉、氣勢軒昂。這座寺廟其實一千年前就有了，清朝初期毀于連年戰火。要維修更新，是百年來的盛事，大家紛紛捐款，寺廟終於 2005 年竣工，雄偉壯觀的大雄寶殿和觀音閣令來此遊覽的客人個個歎為觀止。

最令人注目的是觀音閣，此處的觀音閣與眾不同，殿堂高大，因而可以容納裡面的巨型觀音立像。據說此地也是大陸最高的室內觀音立像，高達 11.9 米的觀音立象比九華山 7.9 米、普陀山 9.9 米的室內觀音立像，更要高出兩米以上。非但如此，觀音像還是三面像，朝南的是平安觀音，朝西的是送子觀音，朝東的是送財觀音。

下了靈岩山，我們來到龍袍鎮，這裡也有一個神話傳說，是關於龍王的。當年龍王偶然來此地視察水利工作，正值三九寒冬，發現一位老者凍僵于雪地上。便剝下身上的一片龍鱗蓋在老者的身上。老人感到溫暖，蘇醒過來發現身上覆蓋著一件龍袍。後來此地就改名為龍袍鎮。

六合的發展讓我們振奮，日新月異的硬體建設之外，還有膾炙人口的神話故事，仔細回味，讓人不得不佩服咱們中國人很善於消費老祖宗的文化遺產。

46　休閒農場的情趣

　　應朋友之邀,在初冬有些涼意的風中,懷著逃離城市喧鬧的心情,我們一行六人乘著麵包車,前往坐落于江北的帥旗農莊。這個綠色農莊,據說所有食品都是自產自銷,沒有化肥,沒有農藥,再加上滿園的果樹花草,真可謂天然的理想生態環境。

　　農莊的主人,一位樸實的中年婦女陪同我們,不急不緩的在莊園裡走馬觀花。朋友扶著我,邊走邊向我介紹所見的莊園景觀,讓我這個雙目失明的遊客,能和他們一樣欣賞農莊的美景。路兩邊全是果樹,樹枝上掛滿果實,紅燦燦的柿子,黃澄澄的晚熟梨子,紫紅色的大棗,朋友們都看得饞涎欲滴,主人似乎看穿了大家的心思,笑嘻嘻的說:「這些果子就是為大家準備的,你們盡可以放手摘,摘下的都歸你們所有。」朋友們呼拉一聲就沖進了果林。

　　我由一位朋友陪著,在一片約兩千平方公尺的人工湖畔坐下,不遠處還有幾位遊客在垂釣,湖心有一大群野鴨子嘎嘎的叫著,不時撲閃著翅膀,低低掠過湖水,象徵性的飛翔著。這些野鴨子都是從美國引進的優良品種,雖然還能飛,可是卻飛不遠,所以無需擔心牠們會逃離農莊。

　　中午在一間古色古香的餐廳進餐,餐廳主任對我們說:「這裡的廚師身兼二職,除了會配菜燒炒之外,還必須會釣魚。」這倒是一個新鮮的花樣，哪家餐廳也沒有這樣的廚師，除了煎炒烹炸之外，還必須掌握釣魚的技能。

生活在鋼筋水泥的大都市，這樣一塊寧靜的樂園是多麼令人期待！東南亞各國早已蔚成休閒潮流。

南京這兒的個體戶經營，是早些年開始的，我的朋友曾相邀投資，有人大膽一試、有人敬謝不敏，當時我雖然有條件但沒有需要，如今看人豐收，除了恭賀他，並不會豔羨，看來，人的欲望也有一個成長的極限。

47　金秋漫遊金牛湖

　　豔陽高照秋風送爽，我們隨著週末度假的車流，來到南京六合。旅遊就是吃住行玩的享受，現在人們手裡有了多餘的錢，所以旅遊服務一條龍行業立刻興旺發達起來了。

　　六合龍袍是根據一個有關龍王的神話傳說得名，這兒的龍袍蟹黃湯包文明遐邇，每到秋風奏起，蟹黃豐滿之時，大批遊客紛紛來此嘗鮮，於是六合的飯店迅速增加到上百家之多。

　　我們剛跨進店門，立刻就嗅到了蟹黃的鮮美味兒，好不容易才找到座處。好在蟹黃湯包很快就端上來，站著香醋，吃著鮮美的蟹黃湯包，真是一種絕好的享受。

　　飯後我們驅車前往金牛湖，湖畔的金牛山也有個傳說，說的是明太宗朱元璋。小時候的朱元璋非常仗義，有次跟村裡的小夥伴一塊兒放牛，竟將自家的牛宰了，用柴火烤熟大傢伙兒大快朵頤不亦樂乎。朱元璋心知沒法向老爸交待，便將牛頭埋在小山一側，牛尾巴埋在另一側。然後讓小夥伴回去告訴自己的老爸，說牛鑽進山裡出不來了。朱老頭兒跑來一看，見朱元璋使勁兒拽住牛尾巴，滿腦袋大汗淋漓。後來朱元璋當上了皇帝，為了紀念被吃掉的那頭牛，將此山改名為金牛山。

　　與麗水的方便水庫改名東平湖一樣，原本的金牛水庫現改成了金牛湖，你聽聽這名字是不是忽然動聽多了。湖邊新建了不少度假村，其中幾家規模相當大，甚至都上了星級。

　　我們乘坐遊艇在遼闊的湖面漫遊，秋風拂面水波蕩漾，真讓人心曠神怡。忽然有人大叫湖裡有大魚，大家紛紛趴在船邊網水裡觀看。金牛湖自建水庫以來從未乾涸，所以湖中存活最長的魚應該與水庫同齡，說不定都成了巨大的魚精。曾有報導，說金牛湖打撈過幾百公斤的大魚，水牛大小的青魚真有些嚇人呢！晚風有些涼，金牛湖的波浪發出輕輕的拍擊聲，像是捨不得我們離去。

48　牛首山新貌

　　南京人素有春牛手，秋綺霞之說，即牛首山的春光最讓人心蕩神姚，漫山遍野的花草樹木碧綠芬芳，把水泥建築裡的人們一個個都看醉了。秋天的棲霞山是另一種美景，千萬顆紅楓樹像是滿天的紅霞降落下來，紅得耀眼，紅的燦爛，讓你對生活生出無線的熱情。

　　我們趕了末班車，在春天即將過完之際來到了牛首山。

　　牛首山海拔七八百米，五六百米處分開成兩個小小的山峰，像牛腦袋上的兩個犄角，牛首山因此得名。可惜的是上個世紀五六十年代，在轟轟烈烈的大煉鋼鐵運動中，其中一個小山峰發現了鐵礦石，被大量開採用來煉鋼，所以現在只剩下一隻犄角，變成獨角牛了。

　　這兒的野花野草長得特別茂盛，小路兩旁的野草差不多有一人高，我走著走著就會被風吹動的草兒掃過面頰，這才叫和大自然親密接觸呢。草叢中偶爾閃出幾朵野花，花朵不像家養的那樣大而鮮豔，可充滿了桀驁不馴的野氣，充滿了蓬勃旺盛的生命力。

　　半山腰本來有一座很著名的寺廟，是六祖禪宗當年來到此地修煉建起的，叫做宏覺寺。廟中還有一座宏覺寺塔，完全土木結構，塔門口兩根木柱一個人都抱不過來，雖然表面的紅漆斑駁陸離，可木柱卻仍然兼顧無比，可見當年的選材多麼嚴格。由於寺廟年久失修，後來竟被鄰近的雨花區將廟名據為己有，新建了一座宏覺寺。等牛首山開發時，將寺廟重新翻造，可是那個寺名人家卻無論如何不肯歸還了，無可奈何，只好另取了一個名字，叫做牛頭禪寺。可笑的事，那座巍峨樹立的宏覺寺塔還在原地，而先前的宏覺寺卻被人搬到了另外一個地方，假如六祖禪宗在天有靈，不知作何感想呀！上面說的是五年前的牛首山，為了發展南京佛教旅遊，經過三年多的大興土木，如今一座舉世聞名的南京牛首山佛教文化旅遊區將四面八方無數遊客吸引到了這兒。牛首山頂宮主體從 60 多米的礦坑中"長出"，建設難度國內外罕見；施工週期歷時 3 年、高峰時每天 5000 名工人同時作業；補天闕、藏地宮，牛首山雙峰、雙塔奇觀再現，牛首山兩個犄角重新變了回來。100 多位大師、專家、學者集結，打造世界級震撼景觀……核心建築佛頂宮更是獲得各方盛讚，南京旅遊界一名專家讚歎說："佛頂宮將建築、文化、科技、藝術、佛教完美融合，堪稱世界佛教文化新遺產、當代建築藝術新景觀，更是一處教科書般的佛教文化藝術殿堂。"

生態修復 60 多米深礦坑，施工難度國內外罕見

　　走進牛首山文化旅遊區，經蜿蜒山道攀向西峰，遠遠可以看到佛頂宮的金色圓頂在大片綠色中熠熠生輝。從更遠處眺望，宛如從西峰礦坑內"長出"的佛頂宮和牛首山東峰遙相呼應；西峰新建的佛頂塔莊嚴聳立，東峰弘覺寺塔穿越 900 年時光依舊雄偉，牛首山雙峰、雙塔奇觀終於盛世再現。

　　時光倒回到 3 年前，佛頂宮原址仍是一處直徑 200 余米、深 60 多米的巨大礦坑，坑內雨水深達 30 多米，底部沉積 20 多米厚

的淤泥層。礦坑的起因則需追溯到 1937 年至 1958 年，經過兩次長達 21 年的開礦，牛首山西峰被削平並下挖形成深坑。

1958 年，西峰上的辟支佛塔被拆除，牛首山雙峰、雙塔從此"形單影隻"。生態修復牛首山西峰、在礦坑內建設佛頂宮，挑戰難度是世界級的。

一系列難題擺在專案設計方、承建方面前——佛頂宮是國內首個建在廢棄礦坑內的大型公共建築項目，如何保證建築採光、通風？尾礦渣形成的邊坡以鬆散的凝灰岩和泥層為主，如何確保施工期安全及專案使用期穩定？

經過一年多反復論證、10 多次調整完善，華東建築設計研究總院最終將佛頂宮設計成一個橢球形建築，其建築主體由礦坑底部支撐，但和周邊山體保持較大間距。"佛頂宮和山體保持距離，可以確保建築結構的安全和穩定。"華東建築設計研究總院高級工程師李威說，佛頂宮東側設置了淨高超過 36 米的下沉庭院空間，有效解決了觀景、採光、通風等難題。

佛頂宮動工前，工作人員花了近 4 個月抽水、清淤，並在兩側護坡打下 500 多根防滑樁，使用長達 150 公里的錨索固定山體。

為了自然修復牛首山西峰歷史人文景觀，設計人員在佛頂宮小穹頂之外又設計了一處大穹頂，大穹頂採用材質輕盈的全鏤空鋁合金屋蓋，修復西峰天際線效果。

將設計方案從圖紙變成建築，難度更超乎想像。佛頂宮鏤空鋁合金大穹頂跨度 220 米，為當今世界第一。施工人員安裝曲面鋁合金板時，採用了高空散裝、吊裝、整體滑移技術，其中曲面整體滑移技術在全世界首次採用。隨著難題被一一攻克，一座從深坑中長出、總高 89.3 米的佛頂宮恢宏亮相。

100 多位文化工藝大師集結，攜手打造精品力作

　　遊客在佛頂宮除了感受建築的精巧、震撼外，還能欣賞到一大批精美絕倫的頂級藝術珍品，這些藝術珍品由全國 100 多位工藝美術大師、專家、學者、非遺傳承人攜手創作，每一件都為佛頂宮量身打造。

　　在佛頂宮地下 5 層的舍利大殿，矗立著一座高達 21.8 米的舍利大塔——今後每逢重大節日，佛頂骨舍利將從最底層的藏宮迎請到舍利大塔，供市民瞻禮。釋迦牟尼的舍利子原是從南京大報恩寺遺址發掘出來，經多方研究考察，最終決定安置在牛首山佛頂宮。

　　舍利大塔由安徽佛光集團、掐絲琺瑯非物質文化遺產傳承人王金林集合多位工藝美術大師歷時 7 個月打造。大塔通體為青銅鑄胎鍛造，使用了青銅、鎏金、掐絲琺瑯、雕塑、鏨刻等數十種傳統工藝。

　　塔身的藍色覆缽部分整體採用掐絲琺瑯工藝。"迄今為止，國內掐絲琺瑯藝術品最大高度只能達到 1 米，而舍利大塔掐絲琺瑯部分高達 2.8 米，是國內外高度最大、工藝最複雜的大塔。"王金林說。

　　在舍利大殿約 26 米高的天幕屋頂，4 幅佛國世界彩繪完美融入佛國背景和萬道佛光。彩繪創作者是四川工藝美術大師楊國榮，畫面從佛教故事創作、圖案設計、審核、定稿用了 3 個多月時間。楊國榮率領 45 人的彩繪團隊，攀爬到 20 多米高的腳手架，仰頭面壁，一筆一畫全部手工描繪。

　　美輪美奐的藝術品並非簡單堆砌，而是大師們共同創新、創意、創造的結晶。舍利大塔四周設置了 4 座 1.2 米高玉雕佛像，4 尊玉佛由 25 噸重整塊白玉一切為四，然後整塊雕成，極其罕見。設計方邀請了福建莆田工藝大師佘國珍造形，莆田工藝大師吳立波彩繪、鑲嵌，兩位大師嘔心瀝血，合力將 4 尊玉佛打造成了獨一無二的頂級傳世作品。

　　佛頂宮內還展示了 200 多幅經文、楹聯，110 幅大幅面美術作品，全國罕見的大量木雕、石雕、銅雕、漆畫等。其中，楹聯部分由中國書法家協會副主席言恭達牽頭，江蘇省楹聯協會 21 位楹聯專家、國內 40 多名書法名家聯合創作並書寫。

　　在佛頂宮，看得見的是傳世傑作，看不見的則是背後星光璀璨的大師級專家，更是牛首人放眼世界的文化眼光和廣闊胸懷。牛首山文化旅遊區管委會文化宗教處處長胡勇表示，牛首人從籌建項目之初，就用世界眼光聚攏文化精英，廣邀文化學者、工藝大師結合南京地域特色，設計、創作藝術精品。

文化為魂建築為體藝術為表，佛教工程世界典範

　　在南京師範大學旅遊系教授、博導，三江學院文化產業與旅遊管理學院院長沙潤看來，佛頂宮將建築、文化、佛教、工藝美術等巧妙融合，打造了一個輕盈靈動、氣勢恢巨集的世界級佛教工程。

　　佛頂宮小穹頂下方是由 56 座飛天菩提門組成的蓮花寶座，上下輝映，體現“蓮花托珍寶”的神聖意象。在佛頂宮一側，長度為 220 米的大穹頂如同佛祖袈裟覆蓋在小穹頂之上，寓意袈裟護持舍

利聖物。大穹頂代表 "戒定慧" 三學之 "戒" ，小穹頂代表 "慧" ，寓意由戒生定、由定生慧。

在地面一層禪境福海，中心為一尊全長 7.5 米釋迦牟尼臥像，臥佛周邊是巨型蓮花舞臺，沒有演出時，蓮花片收起，舞臺化作一個巨大的公共空間。有演出時，巨大的蓮花葉從地下緩緩升起，臥佛同時徐徐下降，聲光影電，瞬間讓人進入一個神秘而又動人心魄的佛國奇觀。

整個佛頂宮更是巧妙再現佛教傳承脈絡。南京大學哲學系教授、南京大學中華文化研究院院長賴永海說，9 層佛頂宮設置了三大空間，分別對應原始佛陀、古典佛教、當代人間佛教三個佛教時期，其建築形式、工藝美術、藝術作品對佛教從印度到中國，從南京佛教文化到牛頭禪宗起源，都進行了全面體系化表現，可以稱得上是一座綜合性的佛教建築藝術空間。

佛頂宮不僅是一座古典與現代結合、當代建築和佛教文化相融、獨一無二又精美絕倫的藝術殿堂，更是一個弘揚和展現中國優秀文化的世界級旅遊目的地。

由於時間緊任務急，這座工程浩大設計精美的佛教旅遊勝地還存在很多不足之處，讓我們有些遺憾。如停車場距景點太遠，遊客遊覽完畢後，需經過三十分鐘路程才能返回停車處。地下宮殿內佈局也比較粗糙，年紀大的旅客上下一趟，未免心有餘而力不足。然而對南京來說，這無疑是提升聞名度的一個亮點，現代化的佛教旅遊絕對是未來發展的方向啊！

49　國際梅花節　暗香自飄散

　　二月二十四日，南京國際梅花節隆重開幕，從一九九六年至今，已是第 20 屆了。

　　那天上午，人們從四面八方湧向梅花山，將秀美的東郊鐘山風景區變成了人的海洋。據統計，每天觀花的人流高達 10 萬人左右，用萬人空巷應該名副其實了。南京梅花山是中國八大梅花觀賞區之一，去年又進行了新的擴建，觀賞區的面積擴大到一千三百多畝，栽有梅花三萬多棵，各色梅花三百多種。無論從面積還是數量及品種，作為觀梅魁首絕對是當之無愧。

　　我弟弟陪著我隨人流在大門外排起了長長的隊伍，前後左右盡是歡聲笑語，聽著那些東西南北的口音，可見南京梅花節的確是名聲遠播了。忽然間，隨風飄來一陣香味，幾乎所有的人都情不自禁的脫口而出：「嘿，真香呀！」然而這種香味與眾不同，花香像一個和你捉迷藏的頑皮孩子，等你再使勁嗅鼻子，那香味卻又不見了。因此人們形容梅花的香味是暗香。

　　公園裡到處是演出的舞臺，主會場是來自各地著名的藝術家，他們載歌載舞，給觀梅的人們增添了更多的歡樂。那些分會場的小舞臺上，來自民間的業餘藝術家們，也各展風采，高蹺鑼鼓地方戲等等演出，也讓人們流連忘返。高音喇叭裡響起了招領小孩子的呼聲，每年梅花節裡這樣的事件層出不窮，頑皮的孩子心猿意馬，跟在父母後邊，眼睛耳朵卻只顧著好吃好玩的東西，走著走著就走丟了。

我們在公園裡信馬由韁地走，梅花山坐落在明孝陵景區，據說山包原是三國時孫權的陵墓，朱元璋修建陵墓時，說孫權也是一條好漢，不必移動孫權的陵墓，就將這個山包保留下來了。後來人們在小山包上栽滿的梅花，就成為舉國文明的觀梅聖地了。人們被花香包裹著，被歡聲笑語包裹著，滿心的愉快頓時油然而生，梅花給我們送來了自然純樸的美好感覺。

50　中山陵下話今昔

　　來了兩位臺灣朋友，我是主人，當然要陪同他們到南京的著名景點走馬觀花。商量決定去中山陵，那兒不僅是旅遊景點，還是中國現代革命的聖地，是孫中山先生最後安息的地方。

　　失明之後我就沒來過中山陵，三十多年過去了，現在的中山陵完全不同了。耳畔傳來的人聲鼎沸讓我大吃一驚，這兒簡直和南京城最熱鬧的新街口相差無幾，來來往往各色人等就像散場的戲院似的，讓我唯恐避之不及。回想三十多年前，我和幾位好朋友經常來這兒遊玩，那時候的遊人三三兩兩，就是熱戀中的愛人趁機擁抱住吻一口，也不會被人看見。我記得有一次，我們在遊玩時看見附近體育學院的學生們正在進行訓練，那些朝氣蓬勃的年輕人身穿色彩鮮豔的運動裝，就像一朵朵鮮花開放在中山陵三百多級臺階上。說他們開放在臺階上，是因為他們在老師的指導下，正在進行一種特殊的訓練。學生們兩個一組，輪流背負起對方，用最快的速度往中山陵三百多級臺階上跑。老師站在最高處，手握碼錶，看誰的速度最快。我們興致盎然的觀看著，和不多的幾個遊人一道為同學們鼓掌加油。三十多年過去了，現在那些學生們都長大了，他們中也許已經有了世界冠軍，另外的也許已經和從前的老師一樣變成了手握碼錶的教練員。

　　我從回憶中回過神來，耳畔中又傳來了各地的方言，一陣濃濃的香水味忽然撲鼻而來，接著就是屋裡哇啦的外國話，還夾雜著男女們的放聲大笑。我不由得感慨萬千，時代變了，中山陵也在變，來自海內外的遊客們聚集在這個地方，將這兒的美好資訊傳往四面八方。

　　腳下忽然踢到一個空的易開罐，我彎腰拾起來，這樣的現象在南京的旅遊場所屢見不鮮，剛才的驚喜轉眼又變成了憂慮，美麗的景色固然好，可是經不起人們的踐踏，如果人人都隨手亂丟，隨便亂采，那麼我們今後還會擁有啥呢〉

　　朋友從中山陵回來後也有些感慨，說那兒的人太多，男女老幼黑白醜俊，原來準備看景色的目光，竟有一多半被人流吸引住了。非但如此，而且秩序也有些混亂，許多人毫不珍惜中山陵的美麗景色，隨地吐痰扔東西的現象比比皆是。她們搖著腦袋說如果下次再來的話，不知還能否看見美麗的中山陵。我的心也有些沉重，看來人的素質還需要提高，孫中山先生的話說得不錯，"革命尚未成功，同志仍需努力。"

51　江心洲的葡萄節

　　每年的七月底到八月初，坐落于長江之中的江心洲都要舉辦葡萄節，處於盛夏酷暑中的南京市民，紛紛或攜家帶小、或伉儷並肩、或朋友同行，到南京這個江心島上開心一把。

　　江心洲和八卦洲一樣，都是南京附近江面上的島嶼，江心洲比八卦洲稍小一點點，所不同的是八卦洲現在已經被新建成的長江二橋連接在一起了。據說未來將在江心洲建造一座新的長江大橋，到那時南京附近江面上就沒了真正意義上的島嶼。

　　算起來江心洲一年一度的葡萄節至今已舉辦過十多屆，可由於行動不便，我一直未能前往親身感受這個夏季裡南京最熱鬧的節日。

　　朋友買了新車，約我一同前往江心洲，我盼望已久的葡萄節終於能身臨其境感受一番了。儘管烈日當頭，可熙熙攘攘的人流擠滿了過江的碼頭，為了遊客玩得盡興，江心洲特別擴大了碼頭，增設了汽車過江的輪渡，這樣可以讓遊客直接駕車在島上無拘無束暢遊。汽車開上了輪渡，我們甚至連車也不用下，就這樣過了長江來到島上。

　　朋友告訴我，到這兒來的絕大多數遊客以家庭為主，有夫妻倆帶著小孩子，也有子女扶著年邁父母，還有幾家人熱熱鬧鬧結伴一塊兒來遊玩。其次就是看起來好像是正在熱戀中的年輕男女，一對對親密無間，也不管酷暑盛夏，靠得緊而又緊難分難舍。當然也有和我們一樣的朋友聚會，平日裡大家都忙，難得有這樣的機會既鬆弛了工作壓力，又飽嘗了甘美的葡萄。來到江心洲最快樂的要算孩子們，小一點的孩子由家長帶著，蹦蹦跳跳，像小猴兒一樣由父母托起來摘采葡萄。稍大一點的中小學生自己組織起來，成群結隊在島上到處亂竄，他們的歡聲笑語也像滿島的葡萄一樣充滿了甜美。為了這些小遊客，島上還專門開辦了一個古代農業生產用具展館，那些踩腳式抽水機，雙鏵犁，插秧機，播種機，都讓這些在城市裡喝牛奶吃麵包的孩子打開眼界。有些農具供遊客自己上去操作，孩子們像在遊樂場一樣，一個個興趣盎然躍躍欲試，玩得不亦樂乎。

　　我覺得這樣的活動不僅僅是遊玩，孩子們需要和大自然接觸，需要瞭解自己的吃喝是從哪裡來的，需要瞭解祖國農業生產的歷史。現在的孩子差不多都四體不勤五穀不分，由服務業占主導的城市生活自然豐富多彩，歷史進程就是從農業到工業，從工業到服務業的發展過程，可是尋找生產的源頭無疑會讓後代們更感同身受生活變遷中呈現出來的本質意義。

　　從前零散的種葡萄的農民現在已經變為幾個較大的葡萄專業種植集團，這是市場的需要，不聚小成大就無法在價格上具有競爭力。我們的汽車停在最大的一個葡萄園裡，為了開發旅遊，葡萄園主們還新建了一座座氣勢恢宏的酒店，這樣原來的那些零零散散的個體種植戶就可以在酒店裡打工，江心洲就不會有過多失業的農民了。

　　到島上來的遊客主要是為了能親手採摘葡萄，城裡人和混凝土相依為命，有這樣一個和農村大自然直接接觸的機會，何樂而不為啊？我們也下了車，走進了一人高矮的葡萄架，雖然外面赤日炎炎，可是厚實的葡萄葉擋住了灼熱陽光，在裡面采葡萄並不感到非常熱。不等朋友引導我採摘葡萄，我的臉上就觸碰到一大串葡萄，伸手一抓，乖乖隆得咚，浩大的葡萄，一個足有乒乓球大小，我手中的一大串葡萄竟然重達兩公斤左右。一個導遊小姐笑嘻嘻的告訴我，這些葡萄品種都經過優選改良，比如我拿著的這種葡萄，就叫做"超級玫瑰香"，不僅個兒大，還特別香甜。摘葡萄的感覺真好，手裡捧著沉甸甸的大葡萄，好像收穫了一大串快樂，原來快樂是需要實實在在的香甜作保證的。

我們採摘完葡萄，到櫃檯上作價，像這樣的優良葡萄，在市里要賣到二十五元一斤，可是在葡萄園裡只要十元錢就可以穩穩的拿回家。仔細一算，我們真賺了不少，運費，商場的保管費，損耗費，再加上採摘的工費，我們至少賺了一半。可是我們得到了快樂，這樣的快樂難道能用金錢來計算嗎？

據說江心洲由南京政府與新加坡商人開發，將全島改建成規模相當的電子工業城。也不知葡萄節還會不會繼續舉辦？隨著城市發展，越來越多的人造公園出現，可原先的自然園林又被混凝土覆蓋，這到底為了什麼啊？

52　夫子廟觀燈

　　春節是中國傳統節日，是一年一度全國老百姓人人都感到歡樂的日子。南京的大街小巷，商場公園，到處人滿為患，無論男女老少，個個喜氣洋洋，充滿了吉祥快樂的氣氛。

　　然而，要說南京節日氣氛最濃厚，人流最密集的地方，那非夫子廟莫屬。尤其是到了正月十五元宵節，彷彿整個南京城的老百姓都雲集于此，人流真有如滔滔河水，一浪推一浪緩緩湧過街筒。誰也無法停下腳步，人們前胸貼後背，身不由己走過張燈結綵的夫子廟。滿街五光十色的彩燈，滿臉興高采烈的笑容，似乎下一年的幸福全寄託在這一晚的熱鬧之中

　　為了避免正月十五夫子廟的人流過於擁擠，南京市政府提前於除夕之夜就將夫子廟滿街的花燈亮起，這樣一來百姓們也樂得先睹為快，攜家老小紛紛來到夫子廟，將十五的鬧元宵提前展開。我們全家也於除夕之夜來到夫子廟，夾在熙熙攘攘的人群中，體會著滿街的歡聲笑語，觀賞精美絕倫的花燈，領略著春節第一波歡樂。

　　南京的花燈年年都花樣翻新，每一個新春都會讓人們眼睛一輛，真是新年新燈新氣象。剛走過文德橋，我弟弟就告訴我，前邊出現了一條輝煌的龍燈，那條光華四射的巨龍，張牙舞爪，活靈活現，彷彿天龍下界，要和我們一道歡度春節呢！秦淮河上的花船也

披金戴銀，與岸邊的燈光相映生輝，似乎又重現當年盛事時的樂聲
燈影裡的秦淮河。

　　當然最多的還是傳統的荷花燈兔燈蛤蟆燈，紮燈藝人們一代一
代將手藝傳下來，給人們留下美好的回憶和對未來的憧憬。然而據
說現在紮燈藝人後繼無人，他們的後代大多不願從事這樣辛苦而收
入菲薄的工作，這的確是一個問題，要想將傳統手藝保留下來，僅
僅靠藝人的辛苦付出是遠遠不夠的。去年南京夫子廟花燈被評為傳
統文化遺產，讓今年的觀燈有了新的意義，但願花燈能永放光彩。

　　我們被人潮推動著，隨著歡樂的人們向前移動，所有的笑聲融
合在五彩繽紛的燈光裡，所有的煩惱都被歡笑和彩燈光華所融化。
我這時終於明白，為什麼人們不顧擁擠和喧鬧，一定要來到夫子廟
觀燈？因為所有的人都希望生活美滿，都希望心情愉快，那麼多的
希望融合在一塊兒，生活一定會變得越來越美好。

53　蕩舟秦淮河

　　秦淮河是南京的文化標誌之一，明清時代的秦淮河，留下了許多讓遊人流連忘返的詩情畫意。朱自清先生和俞平伯先生共同撰寫的〈槳聲燈影裡的秦淮河〉，更成為膾炙人口的篇章，讓南京人自豪家鄉是一個具有濃厚文化氣息的地方。然而由於疏于治理和保護，秦淮河竟然變成了一條臭氣熏天的污水河。

　　經由南京市政府下決心大力整治，江兩岸的違法建築一律拆除，並引進了長江之水，讓這條聞名遐邇的河流重新煥發了青春。如今秦淮河上的槳聲燈影，重現了當年的風采，秦淮河就像一個經過梳妝打扮的美女，又撥動了人們愛的情懷。

　　週末受朋友之邀，我們全家來到秦淮河畔，登上了漂亮的花舟。每船二十餘人，由一名導遊小姐負責，全程航行一個小時，每人三十元人民幣。從假日的盛況可以看出，這條旅遊航線非常受歡迎。花船從東水關出發，沿途經過桃葉渡、吳敬梓故居、香君故居、白鷺洲公園、王謝故居，到達中華門城堡後，折返回到東水關。

　　我雖然看不見導遊小姐，但可以感覺到她的聰明伶俐，清脆的話語像水晶珠一樣，一粒粒從她的嘴裡吐出來，桃葉渡是著名書法家王獻之寫給愛人的一首詩而得名，讀著「桃葉負桃葉」，你就可以想像在碧波蕩漾的秦淮河上，那一葉小舟就如同一片桃樹的嫩葉，輕柔柔載著心愛的女人飄過來了。

　　當船隻行駛到李香君故居時，導遊小姐的介紹讓我們耳目一新。著名秦淮巴彥職守的李香君，居然身高只有一百四十六公分，古人形容李香君的嬌小玲瓏，說他簡直可以藏在衣袖中。這樣的比喻妙不可言，真讓我們忍俊不禁，說旅遊是一種文化，其意義也在於此。

　　一個小時很快就過去了，我們仍然興致未減，似乎剛才載著我們的花洲仍然在身下晃蕩。朋友說夜色中的秦淮河更加迷人，花船上還有小姐的輕歌曼舞，還有別具風味的秦淮小吃，然而已進入秋天，年老體弱的父母實在無法消受此番美景，只好忍痛割愛了。上岸後又沿著秦淮河走了一大圈，一直走到華燈初上，走到了那個歷史文化的發源地。文化是需要更新的，可是這些歷史人物和典故，那些曾經轟動一時的大事記，都在我們旅遊的過程中復活了。

54　週末溧水遊

　　乍暖還寒，還寒又暖。一場寒流過後，天氣忽然間變得爽快宜人，真是出遊的好時節。週末我們全家來到距南京市三十公里之遙的溧水，想在這兒踏踏青，呼吸一下大自然清新的空氣，觀賞青山綠水間的田園風光，品嘗農家小院裡的風味美食。

　　溧水原屬於鎮江地區，上世紀九十年代末，江蘇省行政區縣重新規劃，這個地處丘陵山區的縣城便被劃歸了南京市。這樣的劃分無疑對南京和利稅都是一種雙贏，一方面，溧水可以利用南京市的雄厚實力，大力開發許多新興的產業，將溧水的建設和人民生活水準更上一層樓。另一方面，南京市內人滿為患，許多企業的發展受到限制，這些企業搬到溧水，當然有了更大的發展空間。再說，溧水山清水秀，湖光山色美不勝收，距南京市只有一小時車程。南京人民在節假日舉家來到這個後花園，自然給生活增添了無窮的樂趣。

　　我們先來到位於溧水縣東南的東屏湖，據我父親說，這兒原先是一座水庫，為了丘陵山區的農田和人民的生活，上世紀五六十年代，政府發動幾十萬人，展開轟轟烈烈的大會戰，歷經數年才建成了這座方圓幾十公里的大水庫。淳樸的老百姓給這座水庫起了一個名字，就叫做方便水庫，你聽聽這個名字多好，樸實無華，琅琅上口，說明了人民對文化的實際運用多麼自如。如今為了促進旅遊業的發展，水庫更名為東屏湖，此一時彼一時，這樣美麗的名稱自然也使溧水的文化旅遊上了一個檔次。

湖畔的四周新建了一棟棟度假村，還有許多飯店酒樓正在拔地而起，湖面上不時有一艘艘遊艇轟隆隆劈波斬浪，和岸邊遊人的歡聲笑語交相輝映，彷彿是這片娟秀的湖水發自心底的歡笑。

遊湖之後，我們來到湖邊紅蘭鎮的傅加邊。十年前，溧水為了發展旅遊，為了開發當地獨特的梅果和飲品，將這一帶建設為萬畝梅園。每年三月春分時節，滿園的梅花爭相開放，舉目遠眺，真是一片花的海洋。這兒出產的各種梅果，不僅被製成各色蜜餞水果罐頭以及五花十色的飲料酒類，銷售遍及全國。近年來，隨著產品的質和量的提升，還出口到了國際市場上，為溧水帶來了很大一筆外匯收入。

還沒走到傅加邊，路兩邊就出現了許多出售剛摘下來的水果攤販，沾著露水的草莓，早熟的杏子，還有許許多多當地的土特產品，琳琅滿目真讓人目不暇接。那些果農們操著很不純正的普通話，和我們這些來自城市的遊客開玩笑似的討價還價。當然我們誰也不會虧待對方，誰也不想占對方的便宜，我們之間的說笑只不過是一種心與心的交流。

路旁小攤上還有剛采下來的新茶，由於大批量的茶葉還未採摘，所以價格十分昂貴，我們只購買了少許嘗嘗鮮。據說待到四月底，新茶就要大量上市，到了那時茶葉的價格就會大幅度下降，幾十元錢一斤就可以買到相當好的茶葉了。

隨後我們爬上了無想山，這是一座海拔三四百米的小山，順著無想山再往裡走，就是大茅山了，那裡可是真正的山區哦！無想山上有一座小廟，取名為無想寺，在這樣空寂的山林裡念經，自然啥也不用想了。無想寺原先是一座破敗的小廟，廟中只有數位僧人，前來燒香的人寥寥無幾。隨著開放，經濟也帶動了文化，帶動了佛教的發展。現在的無想寺翻建一新，規模相當可觀，據說廟內僧人已到百餘，每當眾僧齊聲念佛，聲勢也相當浩大呢。我們和許多遊客一道走進廟堂，裡面那座龐大的香爐裡，一炷炷香正在焚燒，青煙裊裊，香味肆意，彷彿將我們帶入了另外一個世界。我們也請了香，畢恭畢敬的插入香爐，口中念念有詞，但願這一派瑞祥的氣息永遠蕩漾在我們身邊。

我們一路走馬觀花，不知不覺就到了用午餐的時候了，隨著遊客，我們來到一座被竹林環繞著的飯店，這裡使溧水縣別具一格的小木屋飯莊。和城市裡大酒店不同，這兒利用得天獨厚的風景和環境條件，將飯店的包廂分佈在山坡上幾十座小木屋裡，一座小木屋就是一個小天地，人們在這樣的天地裡進餐，盡可以享受自成一體的空間，盡可以獨佔一方盡享其樂了。

飯店的小姐送上點功能表，這兒的菜肴也與眾不同，聽聽這些菜名也讓人垂涎三尺呢！胖魚頭燉豆腐、野山菜辣子雞、小魚鍋巴、筍子炒野雞等等。最絕的是那道千里飄香，你絕猜不著這是什麼菜。說出來准讓你大吃一驚，原來是油炸臭豆腐，你瞧瞧，飲食文化裡還有這麼多的幽默呢！

我們全家就在這座小木屋裡，傾聽著屋外細細的風吹竹林聲，品嘗著桌上一道道原汁原味的山野風味美食，菜香笑語讓我們竟有些樂不思蜀了。

55　秋遊棲霞山

　　刮了一夜的北風，氣溫頓時下降了近十攝氏度，然而天氣雖冷卻特別晴朗，又是一個出遊的好時機，南京人每到秋天總要到城西的棲霞山，因為秋風吹紅了滿山遍野的楓葉，就像一片豔麗的彩霞吸引著被鋼筋混凝土包圍著的南京人。

　　據說觀音菩薩有一天乘著五彩祥雲來到此地，發現這座小山風景優美，想在這裡休息片刻。不料待觀音菩薩起身離開時，那片五彩祥雲竟然被樹枝扯落下一小片，後來這片天上的雲彩就年復一年覆蓋了這座山林，人們便稱此山為棲霞山。

　　棲霞山下有棲霞寺，這座寺廟歷史悠久，雖經多年動亂，卻始終未遭到重大破壞，所以和鎮江焦山寺，蘇州虎丘寺，杭州靈隱寺一同被列為江南四大佛教叢林。

　　棲霞寺後面緊挨著山崖，崖壁上有幾十個石窟。按照石窟的大小，，每個石窟裡雕刻著幾十尊石佛，這就是著名的千佛岩。石窟裡的石佛據說是明朝時期的作品，大大小小形態各異，是遊客來此必看的景觀之一。另有傳說，當年朱元璋夏令石匠們必須在限定時間內完工，否則要將所有匠人統統砍頭。然而那天朱元璋來時卻只完了了九百九十九尊石佛，一位石匠為了挽救其他匠人，就手持石斧柄氣凝神站立于石佛之中，使得無辜匠人倖免于難。不料待皇帝離開後，這位石匠竟然真就化為一尊石佛，再也無法還原為人了。

　　傳說若要分辨此位石匠，可發現棋手中仍然握著錘鑿，由此捨身取義的精神，化為佛也就不足為奇了。

　　由於保護不佳，現存的石佛不足一百尊，市政府認識到文物保護的重要性，現在正想方設法使千佛岩恢復原來面貌。

　　棲霞區政府為了發展旅遊業，前幾年新修建了一條寬闊的棲霞大道，來此觀光的車輛可以通過這條大道一直開到棲霞山頂，給遊客們帶來了墨大的方便。棲霞寺大門口建起了兩座古色古香的小樓，一座是鐘樓，另一座市鼓樓，晨鐘暮鼓也成為來此觀光遊覽的項目之一。我和我弟弟登上了鐘樓，一位負責管理的法師向我們介紹，說一位遊客只需付十元錢就可以動手用鐘錘撞鐘三次，終生可以給全家人帶來吉祥的福音。我和我弟弟各自撞了三次巨大的銅鐘，聽著那洪亮悠遠的鐘聲，我們當真感覺到了福音的降臨。山門外搭起了五顏六色的涼棚，琳琅滿目的貨物讓人歎為觀止，用的吃的玩的應有盡有，其中燒香拜佛的用品尤為繁多，隨著旅遊業的發展，給佛教也帶來了一片興旺。

　　我們爬到了山頂，這裡也和從前大不一樣了，不僅路修的又寬又平坦，而且路邊還修建了專供遊人歇腳的小涼亭，茶水站食品站比比皆是，這兒的農民隨著旅遊業都改了行，他們的歡聲笑語自然說明人們的消費觀點已經從簡單的衣食溫飽像精神消費轉變了。我弟弟告訴我，站在山頂上別有一番風味，雖然棲霞山只有海拔五六百米的高度，可是卻能看到白雲翻滾的雲海。一縷縷陽光反射在雲海上，五彩繽紛斑斕炫目，讓人眼花繚亂，真像是到了天上的仙境呢！

56 臺灣遊－從南京到臺北

　　我沒有看見臺灣，但我的雙腳卻踏在臺灣的土地上，我呼吸著臺灣的新鮮空氣，聆聽著臺灣的風聲雨聲歡笑聲，真真實實感受著祖國寶島的一切。嘿嘿，別亂猜，因為我是個雙目失明的盲人，當然無法用眼睛觀賞祖國寶島啦！

　　帶隊的江蘇國旅導遊小喻說，他們旅行社成立以來，還從未帶盲人出境旅遊。我懂得他的言外之意，若我影響了全團的行動或出現任何意外，誰也無法付此責任哦！這也難怪，我的衣食住行都因失明很不方便，何況隨團出遊將遇到許多意料不到的麻煩哦！於是我毫不猶豫簽下一紙特別合約，一旦出現任何意外，所有後果皆由本人負責，並保證不影響團隊行動。當然，若沒有小錢老楊夫婦與朋友們的保駕護航，我的臺灣遊恐怕是個難以實現的美夢。

　　如今真的與國際接了軌，朋友挽著我剛跨進機場候機大廳，立刻有工作人員迎過來，熱情的打起招呼。沒等我弄清狀況，小夥子二話不說將一塊標誌牌麻利的貼在我胸前，並說明對我這樣的殘疾旅客有特殊照顧。就靠著這塊特殊標牌，我們一行率先通過安檢，得意洋洋進入登機序列。

　　我們搭乘的是臺灣華航 988 次航班，空乘人員那一張張笑臉，空姐那一口柔和清脆的臺灣國語，令我們感覺溫暖親切愉悅。特別是機組人員的服務周到細緻規範，使我們這些在大陸曾飽受種種不文明服務的人很受刺激，同樣的服務為什麼差距那麼大呀？

空姐熱情幫我系好安全帶並一一告知遇到各種緊急情況該如何處理，這讓我們更加感觸良多。看來無論工作態度還是待人接物，我們這裡都缺乏那種發自內心的真誠，改革絕對要從如何做人做事開走起。

巨大的波音747轟鳴著直沖雲霄，小喻自詡是個福將，每次領隊出遊，天氣預報說的風雨都不會出現。這次也如此，本來預報說今天有大雨，我們都為此非常擔心出行受阻呢。後來聽說，我們剛剛飛離南京，立刻大雨傾盆，連續下了好幾天未停，小喻果然是個福將不假喔。

空姐過來讓我們解開安全帶，並送上了熱騰騰香噴噴的臺灣口味鹵肉飯，這很出我們意料。飛機起飛時間早過了飯點，按國內規矩，供應只限於飯點時間，過時旅客一律自行解決午餐。沒想到臺灣航班竟然沒學會投機取巧減少成本，細節見真實，人家的換位思考太令我們感慨啦！

下午二點多，飛機在臺灣桃園機場平穩降落，空姐們幫助大家收拾行李，並列隊歡送，真正做到熱情服務有始有終。

57 臺灣遊－臺北印象

　　安檢出機場,迎接我們的是臺灣旅行社一位姓張的導遊,此公超熱情,一口國語說的口沫橫飛。

　　從桃園機場二小時抵達臺北,第一站是中山紀念堂,我們到達的時間恰逢門口衛兵換崗,這個換崗儀式也是來台旅遊者觀光項目之一。小喻附耳介紹說,衛兵們身穿上黑下白軍服,頭戴白色鑲黑邊的頭盔,應該是臺灣海軍陸戰隊,。衛兵鞋底的馬蹄鐵將地面踩得咚咚亂響,顯得很有氣勢,一杆鍍鉻步槍舞動的令人眼花繚亂,不時引起四周看客陣陣喝彩。按小喻的說法,這個換崗儀式比較花哨,竟有些類似舞臺上中看不中用的耍花腔。兩岸關係雖已解凍,但軍隊間的接觸尚需時日,若臺灣國軍與解放軍各抽一個建制連為單位進行友誼對抗賽,不知會產生什麼樣的效果哈!

　　由於旅遊景點多時間緊,我們一行緊接著走馬觀花參觀了臺北101大廈,據說當年這座大樓無論高度規模均名列亞洲之首。然而今非昔比,現如今大路不管一線大都市還是二線中等城市,摩天巨樓比比皆是,硬體建設臺灣明顯落後不是一碼二碼了。

　　小喻與張導商量後決定改道轉行去野柳國家地質公園,因為那兒都是露天景點,天氣預報說幾天後有雨,不如趁現在天好先遊覽再說。野柳國家公園是一處自然景觀,常年風雨海浪沖刷,將礁石雕塑成各種奇形怪狀。其中一塊聳立於海邊的礁石為鎮園之寶,那塊礁石宛如一位盤著高高髮髻脖頸細長儀態萬方的女王，不能不令人浮想聯翩。

　　第二天去臺北故宮，臺北故宮與北京故宮，誰都說自己才是名副其實的真故宮，無論哪方都據理不讓。北京故宮我失明前曾去過，無論建築還是館內陳設，都給我留下深刻印象。此番來到臺北故宮，實地參觀之後，反而更難得出結論了。

　　就故宮本身的規模建築而言，北京故宮絕對拔得頭籌，畢竟原始原貌的清朝建築經歷了幾百年風雨洗禮，臺北後來另行建造的只好算仿造山寨版了。

　　不過在臺北故宮一圈走下來，陳列的精美鎮館之寶卻令人傾倒，那可都是當年從北京故宮瀋陽故宮南京博物院搬來的國之瑰寶呀！東坡肉、毛公鼎、翡翠白菜等，無不令觀賞者流連忘返嘖嘖稱奇，那些珍寶絕對是貨真價實的絕代佳品。由此說來，北京臺北故宮都是真故宮，若合二為一，真上加真才算真正的故宮啊！

58 臺灣遊－士林官邸與陽明山

　　那位張導是個很有特色的人物，一路除了聲嘶力竭滔滔不絕介紹沿途景點風土人情歷史典故，還不厭其煩自我標榜如何如何有才有識。不難聽出他有些老王賣瓜的意思，想為自己的未來爭取任何一絲渺茫的機會，難道不知大陸同樣處於競爭到了你死我活的白熱化程度嗎？不過張導的敬業精神的確令我們佩服，從見面起嘶啞的叫聲就不絕於耳，不由讓我生出些許惻隱之心。張導確實肚裡有貨，除沿途景點現狀背景詳細加以介紹，不時還穿插著各種大道小道消息隨手拈來恰到好處，甚至連團裡七八十歲的老頭老太都聽得津津有味。，老楊說此公其貌不揚，約莫五十歲光景，黧黑的瘦臉上大括弧小括弧層層疊疊，笑起來滿臉更顯說不盡的滄桑。由於缺牙少齒，說話無法關緊門戶，滿嘴吐沫星兒都能噴出一二米開外。

　　而我卻對張導的出身頗感興趣，因為聽他說自己父親也是當年跟隨蔣介石逃至臺灣的。如此說起來，他也算是個官二代，據說當年他們也跟著父一輩享受榮華富貴，沒想到現在竟然混的如此不堪。，然而話又說回來了，靠老啃老絕非正道，吃得苦中苦，，方為人上人嘛！

　　接著去士林官邸參觀，經張導介紹，其實蔣介石當年生活並不豪華奢侈。鑒於國民黨因腐敗失去民心丟了政權，蔣介石反躬自省，終於明白失民心者失天下之道理，決心從自己開始保持清廉。

聽著講解,腦海中不由得浮現這位當年叱吒風雲的人物,江山易主百姓依舊,腥風血雨令人情何以堪呀!

大巴行駛在臺灣陽明山,張導顯然對此地情有獨鍾,特別仔細聲情並茂加以介紹。陽明山原名草山,名稱由來因清朝時期此地官府憂慮賊寇可匿于林中竊取硫磺,故定期放火燒山,因此整個山區只能長出五節芒這類的芒草。。1950 年,蔣介石為紀念明代學者王陽明,將大屯山、七星山、紗帽山、小觀音山一帶,原名草山的山區改名為陽明山。1932 年日本侵略時期成立“大屯國立公園協會”,將大屯山地區列入所謂“國立公園”的範圍。

陽明山還是臺灣著名的溫泉療養勝地,世界各地遊客紛至遝來趨之若鶩,享受美景的同時更美美泡上一把怡人的溫泉浴。溫泉分為白湯與清湯,據說白湯溫泉因富含硫磺,對各種皮膚病均有良好的療效。

張導介紹,當年日本人曾在此祕密建設了生物研究所,從蛇毒中抽取毒液準備用作生化武器。日本投降後,出於仇恨報復,研究所內所有貳萬條毒蛇統統被放出蛇籠,致使許多無辜百姓慘遭毒蛇襲擊死於非命。後來蔣介石下令展開滅蛇行動,數年後才將各種毒蛇斬盡殺絕。

陽明山上還有蔣介石、張學良、張大千等的別墅,還有學校、醫院等設施,儼然是個小小的城鎮。陽明山另設有國軍公墓,當年赫赫有名不可一世的國軍將領死後均安葬於此,如白崇禧、閻錫山等。張導說到此處,嗓音竟有些顫抖,或許他為年邁老父一代的經歷很是悵然,真乃逝者如斯夫!

59　臺灣遊－佛教文化面面觀

　　我們馬不停蹄趕往南投縣埔裡鎮的中台禪寺，轟鳴的鐘聲擁擠不堪的人潮，臺灣人對佛教的頂禮膜拜令人歎為觀止。據說臺灣寺廟之多世界第一，大小寺廟有 1 萬多座，每個村莊均集資建有規模相當的寺廟呢！

　　臺灣的寺廟還具有一種開放的姿態，最具代表性的便是位居台中的中台禪寺。一走進中台禪寺，你會為寺廟的外觀大跌眼鏡。它根本不是我們印象中的傳統寺廟，宏偉壯觀的淡黃色樓宇完全是一座現代化建築。整個設計融入了中西方文化的元素，令人產生別具一格的印象。但仔細觀察，每一處設計又都沒脫離大乘佛學的妙理。如果遠望中台禪寺，你會發現，整個現代建築恰似一尊超凡脫俗的佛盤腿坐于群山之間，透出一派唯我獨尊的雄偉氣魄。

　　中台禪寺令眾多大陸香客不習慣的地方，便是進入大雄寶殿，沒有香煙繚繞的情景，也看不到傳統寺廟那種人人手執燃香的景象。為避免香火對空氣和建築造成損壞，中台禪寺不允許上香，遊客可用一些鮮花之類供佛，供佛的鮮花盛在小瓷碟裡，因而顯得格外的清雅別致。當然，信眾在這裡依然是合掌加額，伏地跪拜，真正做到真心誠意借花獻佛了。

　　此外，中台禪寺還是一個"國際化"的寺廟，在這裡可以看到來自德國、法國等多個國家的僧人，使用不同語言交流禪道。中台禪寺還具備其他寺廟絕對沒有的星象館、藏經館、藝術館、圖書館、資訊館、體育館、游泳館和電腦大廳等附加設施，古老的佛法和現代的科技在中台禪寺完美的融為一體了！中台禪寺實踐佛法的"四箴行準則"（對上以敬、對下以慈、對人以和、對事以真）以及弘揚佛法的"佛法五化"（學術化、教育化、藝術化、科學化、生活化），顯示出臺灣寺廟不斷進取推陳出新的意識。

兩天后我們又拜訪了佛光山，佛光山位於高雄縣大樹鄉東北區，是中外聞名的佛教勝地，有"南台佛都"之號。

佛光山是臺灣最大的佛教道場，創辦人星雲法師為提倡"人間佛教"之道，一磚一瓦建立起來的。

佛光山由五座小山所組成，第一座山建有地藏殿、大佛城、大智殿及佛學院的男眾學部；第二座山供信徒朝山禮佛，有放生池、不二門、淨土洞窟、寶藏館、朝山會館及大雄寶殿；第三座山有寶橋、大悲殿、佛教學院及女眾學部，第四座山是普門中學，是社會教育區；第五座山有峨嵋金頂──普賢殿、佛光精舍、大慈育幼院。

兩座著名寺廟雖建造格局不同，可前來觀賞參拜的人流都摩肩接踵川流不息，說明佛教文化在臺灣影響巨大。更讓我們驚奇的，佛光山同樣沒有大陸寺廟那種旺盛的香火，跪拜的信眾均手捧寺廟贈送之香燭奉獻於佛前，至於香燭費用則隨意。

大陸寺廟也許該反思，假和尚尼姑借為佛化緣游走於大街小巷，騙取錢財之事屢見不鮮。大小廟宇皆以香火旺盛為榮，眾香客無不點燃一把把焚香置於巨大香爐，熊熊燃燒的香火甚至烘烤的令信眾們處於進退兩難的地步。面對國內嚴重的空氣污染，一年三分之二見不到藍天白雲的現狀，殊不知煙薰火燎之下，我們信仰的佛會作何感想呀？

　　星雲大師是大陸家喻戶曉的人物，可以說具有開拓精神，因為他將佛教文化植入了人們日常生活之中。我曾為星雲大師創辦的【人間福報副刊】寫過專欄“盲醫師的新配方”，報上文字生動優美風趣，富含豐富多彩的生活內容，很是吸引讀者眼球。除了弘揚佛法之外，各版面無論時政、經濟、體育、文學藝術，都極其出色，充分體現了星雲大師對佛教真諦的理解，不管信不信佛都可從中受益。

　　行走之間，忽聞悠揚婉轉悅耳的樂曲伴隨著清脆柔美動聽的女聲唱腔，仔細聆聽，居然是浙江紹興的婺劇。打聽之後得知，佛光山還建有頗具規模的劇場，專為兩岸各種文藝團體與紛紜眾多的劇團演出之用，足見星雲大師對兩岸文化溝通交流一片良苦用心。

　　從前信佛要求三戒五律出世修行，不得追求任何形式的享受。所有吃齋念佛修煉，只為了求得一個沒有苦惱的來世，。而如今，佛教卻轉而勸人入世，享受人生似乎得到了我佛的許可。一出一入之間，我覺得佛教也在與時俱進，直面人生中所有酸甜苦辣喜怒哀樂，方能修出一個正果來啊！

60 臺灣遊－老兵生活有感

　　我們去阿里山時，正逢新茶開採，張導特意帶我們去了山上的老兵茶廠。這些老兵由於沒文化，只能種茶制茶為生，漸漸都變成了道地道地的茶農。我們聽著張導敘述老兵的生活現狀，品嘗著清香的阿里山老兵烏龍茶，心中竟有些酸楚。離開時，大家不約而同紛紛解囊，購買了不少烏龍茶，對臺灣老兵的同情自在其中了。

　　隨後還去參觀了著名的臺灣眷村，當年老兵來台時集中居住在此，也許那時這兒曾是一派其樂融融歡聲笑語的美好風光吧！時過境遷，逐漸人去樓空，留下了為數寥寥年邁體衰孤苦伶仃的老兵。據說有些居心不良的女人，趁機主動上門，打著同情照顧的幌子騙取老兵的錢財。所以臺灣民政部門設立為老兵服務的機構，負責管理他們的生活，也算是仁至義盡了。

　　我在中學時有位同窗，因相處比較密切，我常常去他家玩耍。記得他母親知書達理端莊賢淑，舉手投足間頗具大家閨秀風範。同學父親是國軍軍官，1949 年隨蔣介石逃至臺灣，從此再也沒了音信。同學說他母親每晚都會憑窗垂淚，遙對臺灣黯然神傷，不知何時才能闔家相聚？

　　唐代詩人李商隱在《夜雨寄北》中寫道："君問歸期未有期，巴山夜雨漲秋池。何當共剪西窗燭，卻話巴山夜雨時。"親愛的妻啊，你肯定是懷著急切的心情問我歸期是何日，那麼，現在我告訴你，我也不知道何年何月才能回家。同學母親應該被李商隱這首詩撥動了心弦，日日夜夜都在心中默默吟誦一曲思念悲歌吧！

61 臺灣遊－文明的差距

　　與所有來台旅遊團一樣，我們陸續遊玩了臺北台中台南台東各地遊覽景點，如阿里山日月潭墾丁太魯閣等。大家雖一路觀賞興致勃勃，卻又有些遺憾，儘管風景優美服務周到，臺灣景點還不能算特別出類拔萃。美不美好不好，存在方式皆源於比較，臺灣畢竟只相當於中國一個中等省份而已。令世界震驚的名勝古跡中國不要太多了，如氣勢磅礡的三山五嶽；如讓信眾頂禮膜拜的佛教四大名山；如秀美絕倫的杭州西湖蘇州園林；如三亞海景大連海景長江三峽；更有古代世界七大奇跡之一萬里長城；加之兵馬俑、張家界、十三陵、千年古都等等，令全世界遊客盡折腰的風景名勝真是不勝枚舉喔！這樣一說，大家應該和我有共鳴，臺灣之遊覽勝景與大陸相比，再美再好也只能是小巫見大巫了！

　　我想說的是，寶島臺灣的美麗景色並非我們旅遊的主要目的，外在美景只吸引著遊客的眼球。幾十載敵對封鎖如今冰釋前嫌化干戈為玉帛，那個我們不曾身臨其境的臺灣究竟是個什麼樣子，這才是我們潛意識中來台的真正目的。擱下美麗景點各色建築不談，相形之下，臺灣的社會環境更值得我們比較學習。

　　行走在臺灣無論哪座城市，儘管交通擁擠車輛繁多，卻顯出一派秩序井然有條不紊的景象。反觀大陸，車水馬龍之間，闖紅燈酒駕造成的車禍司空見慣。熙熙攘攘的路人，在一輛輛緊追不捨的車流中，看著互不相讓面對斑馬線無動於衷的司機，慌不擇路宛如過街老鼠般惶惶不可終日。

　　與大陸相比，臺灣道路相形見絀，但車輛絕對不少與大陸，我們過街卻有些閒庭信步般悠然自得。儘管車輛摩托速度極快，可只要紅燈亮起，所有車輛一律自覺停在斑馬線之外。且街道上也比大陸清靜不少，除了車輛一般不鳴笛，行走的台人也很少有大聲喧嘩的。

　　重賞之下必有勇夫，重罰之下定有良民。臺灣人的中規中矩也不是天生的，幾十載嚴格管理賞罰分明後，臺灣人自然而然明白一個平安有序的社會無論對己對人都是有益的。對照我們的社會環境，法律條款不比臺灣差多少，很多時候卻猶如聾人的耳朵，賞罰不當讓好端端的法律變成了一紙空文。

　　臺北機場人滿為患，喧鬧聲滿是大陸各地口音，都是和我們一樣來台旅遊的大陸遊客要返回自己的家了。不知不覺臺灣八日游已然結束，思想彷彿還留在臺灣，真有些意猶未盡呢！張導依依不捨與我們握手告別，幾天處下來，大家都成了朋友，這也許是一種緣分吧！

　　臺灣的人性化服務又一次打動了我，朋友剛攙扶我走進機場，一名工作人員立刻迎上來，將我們引導到另外一個入口。稍停片刻，這位工作人員帶來了一位推著輪椅的年輕人，二話不說，熱情的幫我坐了上去。我有些不好意思，朋友卻格外開心，畢竟照顧我在擁擠的人群中通過海關是一件非常吃力的活兒呀！飛機又一次轟鳴著直沖雲霄，再見，美麗的臺灣。

四、

小說精選篇

靜靜的蛇穀

　　土根沒等天亮就悄悄出了家門，雙目失明的母親怎麼也不敢想，她這個唯一的依靠，能給自己帶來快樂的兒子，竟然獨闖那個恐怖的蛇穀。

　　其實這也是土根的無奈之舉。為了和桂花比翼齊飛，雙雙外出打工闖天下，他不得不搞到錢，給桂花做安家之用。而一窮二白的山村，只有蛇穀裡那些長著毒牙的五步蛇才能解決錢的來源。昨天專跑山村收購土產的老王找到土根，又是遞煙，又是吹捧，目的只有一個，就是希望土根這個捕蛇世家的傳人為他進一次蛇穀。

　　看著老王滿臉的誠懇，那個三位數讓土根動了心。有了這筆錢，桂花的母親就可能答應他和桂花的親事。然而，雙目失明的母親卻讓土根猶豫不定，年老體衰的母親，未來全寄託在他這個四代獨傳的兒子身上。母親每天嘮嘮叨叨都是要土根斷絕捕蛇的念頭，要他不再步父輩的不歸之路。

　　土根一家的男人都和五步蛇結下了不解之緣，他們幾乎全喪命於五步蛇的毒牙。土根的血管中流淌著捕蛇人的血液，他打小就對那些滑溜溜有著特殊氣味的爬行動物興趣盎然，常常跟著父親在附近的小山裡捕一些無毒的小蛇。土根的夢想就是有朝一日，能夠跟隨父親走進蛇谷，親手捕捉那兩條窮凶極惡的五步龍。這不僅僅出於對捕蛇的渴望，更重要的是那兩條大蛇，多年來已經成為土根一家的剋星。就是這兩條五步蛇王，奪走了捕蛇世家男人們的生命。

三年前的一天，父親為了給母親治眼病，決定單身前往蛇殼，為了籌錢，也為了報仇，父親一心想著要親手捉住這兩條作惡多端的蛇王。

母親摟著土根，坐在炕上，整整念了一晚上的阿彌陀佛，可是直到天亮，父親仍然沒有歸家。村長帶領幾十號村民，敲鑼打鼓，吶喊著進了蛇骨。土根尾隨著大人，壯著膽子走進這個讓他可望又讓他膽寒的地方。父親死了，他仰天躺在一塊大石頭下，一隻手裡握著匕首，另一隻手裡緊緊攥著一尺多長一條大蛇的尾巴。從尾巴上剝下的蛇皮，曬乾後被土根藏在貼身的衣兜裡。而那把匕首，現在正插在帆布裹腿裡。

翻過兩座小山包，前面就是蛇殼，山谷內成天籠罩著濃濃的霧氣，奇怪的是那些茂密的樹林中竟然沒有一聲鳥兒的鳴叫。老人們說，那是毒氣上沖，鳥兒只要飛過蛇殼，就會中毒身亡。不過確切的說法，應該是那些鳥兒都成為蛇們的盤中餐。土根不敢再貿然前往，在小山坡上選一塊大石頭坐下，仔仔細細觀察著靜靜的蛇殼。

其實看也是白看，那些蛇們最善於偽裝，一般人就是走到咫尺之間，還是無法發現這種狡猾的動物。只有土根這個捕蛇世家的傳人，才能尋找到肉眼難以覺察的蛇路，才能嗅到蛇們特殊的氣味，然而那兒現在是一片霧氣茫茫，蛇的王國被神秘籠罩了。

土根再一次檢查了裹在胳膊上的帆布，他家裡窮，這一身捕蛇的行頭全是幾輩子相傳，細帆布套頭裝從上到下不能有一絲破綻，不過現在只能將就了，因為帆布已經腐朽，胸口那一片簡直就像城裡人穿的麻絲襯衫，甚至連皮膚都隱隱可見。

　　土根掏出煙荷包，捏出一撮煙絲，用廢紙卷成一支粗大的炮筒煙，點著了。這種香煙簡直比外國雪茄還要氣派，但價格卻猶如天地，像土根抽的這種，一毛錢能買好幾支。那個煙荷包是桂花親手繡成，幾朵小小的桂花，樸素無華，卻蘊藏著沁人肺腑的清香。土根把煙荷包放在鼻子前，似乎能嗅到桂花身上噴香的體味。昨晚他和桂花緊緊依偎在地瓜棚裡，那個豐滿柔軟的身體在他的手下輕輕顫動不已，一次次欲推開土根，但是無力的舉動卻像一瓢澆在火上的油，土根再也等不到結婚的那天，喘著粗氣剝下了桂花的衣服……所以，今天土根已經是一個真正的男人了。想到這兒，土根又有些欲火中燒，桂花已經是她的人，只要有了這筆錢，桂花的母親再也無法找藉口拆散他倆。然而直到現在，這筆錢還沒到手。對土根來說，那些五步蛇就等於桂花，就是實現夢想的前提。

　　毒蛇王國裡靜悄悄，和人類頭腦中的印象一樣，這些動物屬於陰險兇惡的一類，它們通常晝伏夜出，所以現在很難發現它們的蹤跡。

　　大石頭下，有一個陰暗潮濕的洞穴，兩條粗壯的讓人觸目驚心的褐色身體，緊緊糾纏在一起，沉湎在屬於它們的夢中。它們就是毒蛇王國的國王和王后，誰也說不清它們的年齡，幾十歲，幾百歲，甚或上千歲，這個問題和有關它們的傳說一樣撲朔迷離。很少有人看見過它們的真面目，凡是看見這兩個猙獰可怖的死亡之神的人，都化為冤魂離開了人間。那個更粗一些的，蠕動著抬起頭，它的額頭上，長著一個鮮黃色的肉瘤，這個瘤子的邊緣很不規則，就像一朵盛開的菜花。關於五步龍的傳說，就是因為這個王冠而來。可能由於腹中饑餓，蛇王等不到天黑，緩緩移動著，滑出了隱身的洞穴。它舒展開身體，自信而傲慢的昂起頭，腦袋上那個鮮黃的肉瘤，就是王冠，就是權威的象徵。在這片領地上，它從來就以王者自居，它的兇猛，它的足以讓任何對手致命的毒牙，讓它所向披靡，讓任何敵人聞風喪膽。然而，今天似乎有些不同尋常，空氣中隱隱約約飄蕩著一絲異樣的氣味。它的腦袋昂的更高了，這意味著憤怒已開始讓它的冷血發熱，戰鬥的意識讓它加快了遊動的速度。

　　土根也過足了煙癮，他抖擻精神，細細整理好一身捕蛇專用的帆布衣服。一個裝滿白酒的竹筒掛在腰間，一根棗木的三齒叉棍，就憑這些，土根今天將要闖進蛇穀。

　　太陽漸漸升高，陽光驅散了晨霧，讓土根看清了這個令人毛骨悚然的地方。從青草的高矮可以尋到出入的路徑，凡是地面比較硬實的地方，草就矮得多，那兒就是路。然而，這是一條危險的路，因為那些五步蛇，現在就可能守候在路邊，專心致志的等待著獵物的出現。土根不傻，他早就從父親那裡得知其中要領。果然不出所料，土根發現了兩棵草尖粘在一起，就像一座搭在路面上的小橋。土根笑了，這是五步蛇的把戲，它們用唾液將草尖結在一起，單等獵物竄過，只需草兒彈回，它們立刻就如同離弦之箭，射向獵物。

　　土根用叉棍輕輕挑開了草兒，就在草兒彈回的一霎那，一條黑影嗖的從草叢中飛出，不偏不倚射向叉棍。沒等土根看得清楚，那條一米多長的五步蛇已經張開嘴，狠命的咬了叉棍一口。可是這次這條蛇沒能得逞，自己卻反倒成了獵物。土根一翻手，用叉棍緊緊壓住了蛇頭，接著拎起蛇尾巴，使勁抖動了幾下，將那條蛇放進帆布口袋。這只口袋也是特製的，袋口用竹刺紮了一圈，蛇只要進去，就休想再能逃出，那些竹刺像針尖一樣，經過油鍋裡的煎熬，堅硬無比，蛇們只能老老實實龜縮在帆布袋內。

土根就這樣一路打草驚蛇，沒費吹灰之力就捕捉到五六條五步蛇。其中最長的一條足有兩米，不過和老王的要求還有距離。這個廣東商人談到那兩條五步龍時，眼睛放光，唾沫橫飛，這讓土根很不舒服。此刻，土根望著更黑更深的蛇穀，止住了腳步，他不能不對這個人們談蛇色變的地方望而卻步。土根找塊石頭坐下，又卷了一支炮筒，開始一口口的噴雲吐霧。

蛇王現在已經忘記了出洞的初衷，它把饑餓丟在腦後，空氣中越發濃重的氣味讓它明白，一個膽大妄為的入侵者就在眼前。蛇王的遊動速度越來越快，此前它遊動時草叢被壓得向兩旁分開，而現在，它已經在草尖上遊動。就像武術功夫所描繪，一個輕功高手，能夠腳不沾地健步如飛。這條五步龍此刻就是在飛行，這就是人們通常所說的草上飛。

憤怒的蛇王吐出火苗一樣的信子，它的頸部開始膨大，那個毒囊裡已經聚集了足夠的毒液。此時此刻，就是面對一隻大象，它也會毫不猶豫的撲上去，用毒牙殺死敵人。蛇王飛行時帶起的風，它身上發出的特殊氣味，讓所有的動物慌不擇路的四散逃竄，就是那些蛇子蛇孫也乖乖的退避三舍。作為一個王，這樣的橫行霸道是天經地義的，在蛇王的眼中，毒牙就是顛撲不破的真理。

土根手裡的炮筒只剩下一個屁股，他終於下定決心，因為父親死時的慘狀現在歷歷在目，捕蛇人的血液已經沸騰，錢也被拋到了九霄雲外。他取下腰間的竹筒，拔開木塞，喝了一口辛辣的烈酒。復仇的願望和這口烈酒讓土根紅了眼，他要會一會這可怖的魔頭。山谷裡陰氣森森，土根放慢了腳步，小心翼翼的把手裡的叉棍在路邊的灌木叢裡攪來攪去。越走越深，土根現在對那些小五步蛇失去了興趣，他全身的神經都被調動起來，前後左右處處危機四伏。

　　眼前出現一條小溪，嘩嘩流淌的溪水無憂無慮，給這個死亡之地帶來了一絲輕鬆愉快。土根口乾舌燥，情不自禁的走到溪邊，放下叉棍，俯下身將嘴貼近水面。就在這時，土根的背脊上忽然掠過一陣寒意，恐懼的感覺霎那間傳遍了全身。土根顧不上喝水，一翻身抓住叉棍，耳聽鼻嗅眼觀，克制著心慌意亂，緊張的搜索著。不到一百米遠，草尖上有一團東西在遊動。土根的心幾乎跳出喉嚨，他終於看清了，那是一條前所未見的大蛇。那條蛇似乎並沒有發現土根，正向另一個方向遊去。土根稍稍定下心來，仇恨的火焰升到了頂點，因為土根看到那條大蛇的腦袋上奪人眼目的黃色王冠。他開始琢磨怎樣才能報仇雪恨，對付這樣一個龐然大物決不能掉以輕心。

　　然而，土根犯了輕敵的毛病，他顯然小瞧了毒蛇的智慧。絕沒有料到，這個陰險狡猾的東西也會採用人類的常規戰術，蛇王的頭銜不是白給的，它正在運用迂迴包抄，準備來一個聲東擊西，想給對手一個出其不意的襲擊。當土根發現那條大蛇滑進小溪，順流而下，以超乎尋常的速度向他沖來時，不由得全身冰涼，死亡似乎已經到來。不過，土根並非一個普普通通的捕蛇人，父輩們用血換來的教訓挽救了他。他沒有轉身面對強敵，而是向前面那塊開闊地猛竄過去。蛇王撲了個空，怒不可遏，絲絲的噴出濃稠的唾液，繼續向前撲。土根現在什麼也不敢想，馬步蹲福虎目圓睜，雙手緊握叉棍，嚴陣以待。蛇王發現這個對手來者不善，囂張的氣焰稍稍收斂，雙方陷入了短暫的僵持局面。

　　洞穴裡的另一條蛇有些不安，無數個日日夜夜的耳鬢廝磨，無數次同仇敵愾浴血奮戰，讓這一對患難夫妻建立了超越時空的特殊感應。蛇後煩躁不寧，在洞穴裡輾轉反側，終於像條幽靈般悄無聲息的滑出了洞穴。

土根完全看清了對面那個兇神惡煞的傢伙，膨大的毒囊上噁心人的花紋就像是鬼畫符，令人不敢正視。嘶鳴著的嘴半張半合，粘稠的唾液幾乎能噴到土根的腳上。

土根有些後悔，他和父輩們一樣都沒能夠完全掌握捕蛇的秘笈。秘笈裡有幾句古怪的文字，絲馬拉賈尼，波米多古西。土根有文化，這幾句話似乎和印度那個國家有關係。他曾經聽說過，印度的捕蛇人是世界一流，難道捕蛇世家還曾經出國留學不成。如果真是那樣，這幾句話就有可能是制服毒蛇的咒語。

蛇王顯然失去了耐心，它扭動著脖子，將上半身豎得和土根差不多高矮，然後像一陣旋風，呼嘯著撲了過來。土根這時反倒平靜下來，他還是半蹲，等那條蛇離自己不足一米遠，才一個後旋，躲開了毒牙。蛇王沒想到接二連三撲了空，越發惱羞成怒，沒等土根站穩腳跟，那條大尾巴橫著抽殺過來。土根連忙旱地拔蔥，兩隻腳騰空而起，讓那個大尾巴又掃了個空。

蛇王的動作稍微緩慢了一點，土根想自己也應該轉守為攻，決不能總這樣被動挨打。說時遲那時快，土根手裡的叉棍以迅雷不及掩耳之勢，猛地擊中了蛇的七寸，那個地方屬於要害部位，蛇王從沒遭受過這樣的打擊，頓時就有些暈頭轉向，腦袋胡亂的左右扭擺，居然向著空氣狠咬了一口。

土根心中有數了，他的叉棍準確無誤卡住了蛇的脖子，將那個龐然大物用力壓向地面。緊接著，土根撲上去伸出兩隻巴掌，用盡全身力氣，掐住這個目空一切的蛇王的三寸。這是致命的死穴，一般的蛇，絕無生還的可能。然而，土根又輕敵了，他沒料到蛇王竟然如此神勇無比。土根的兩手剛好能掐滿蛇頸，而那條蛇足有三米多長，後半截身體緊緊纏住了土根的兩腿。土根覺得血液開始往腦袋上湧，緊接著胸口也有些憋悶，他知道自己危在旦夕了。

然而，土根的手不能放鬆，他無法解脫蛇尾的糾纏，看來確實有些窮途末路了。土根的腦子裡忽然閃現出那幾句古怪的印度咒語，不管靈不靈，一試無妨。土根憋足了勁，沖著那個帶著王冠的腦袋，咬牙切齒的把那幾句咒語念了一遍又一遍。

信不信由你，那條蛇王頓時就變得蔫頭搭腦，沒了一點脾氣，緊緊纏住土根的尾巴像一條破布口袋似的癱在地上。土根長長松了口氣，在心裡念了幾聲阿彌陀佛。趕緊從腰間取下竹筒，拔開木塞，將白酒一滴滴倒向蛇頭。那條蛇王正張著大嘴喘息不止，所以白酒全部被喝進了肚子裡。蛇和螃蟹一樣，灌醉了能讓它們昏睡一個月。

戰鬥結束了，土根像被抽了筋，渾身酥軟，仰面朝天躺在草叢中，胸脯像個風箱一樣上上下下起伏不停，把氧氣從朗朗的晴空裡抽進喉嚨。溫暖的陽光鬆開了土根緊張的神經，他覺得腦子裡空空蕩蕩，心想應該抽一支炮筒煙。於是就從衣袋裡哆哆嗦嗦摸出那個煙荷包，可是他竟然連捲煙的勁兒都沒有，煙荷包從手裡滑落到身邊的草叢中。土根太累了，他閉上眼，朦朦朧朧居然進入了夢鄉，完全忘記了身處何處，忘記了這是個多麼可怕的地方。

蛇後不像蛇王那樣趾高氣揚，它低著頭在草叢裡潛行，像一條幽靈悄無聲息。它明顯比蛇王短得多，這不僅僅因為性別的差異，而在於它沒有尾巴。看上去，簡直猶如一根朽木，找不到半點蛇的風采。蛇後仔細尋著夫君的氣息，一路蜿蜒，想以最快的速度跟夫君並肩作戰。這種不祥之兆其實一直存在，它只需看看自己的半截尾巴，就能感覺到人類的威脅，遲早有一天，那許多被毒牙殺死的人的後代會來報仇雪恨。然而，作為蛇類，毒牙是它們賴以生存的必備武器，蛇類在進化過程中失去了四肢，這些看來兇惡的爬行動物，只有毒牙能讓它們克敵制勝化險為夷。

蛇後不喜歡陽光，那是人類的朋友，作為敵人，凡是人類的朋友就是蛇類的對頭。它盡量避開陽光，選擇陰暗的角落隱蔽前行。為了保全自己，決不能有一絲一毫的大意。忽然，蛇後停止了遊動，空氣中有一股令它難以忍受的氣味，這氣味顯然是人類帶來的。如果它只是為了自己，那一定唯恐避之不及，趕緊逃之夭夭。但是現在蛇王可能身處險境，不知多少次，都是蛇後拼死救出了夫君。義不容辭的責任，相濡以沫的陪伴，讓蛇後奮勇向前，它要和夫君同生共死。

四仰八叉的土根還在夢裡，他現在正和桂花如膠似漆。這個心愛的女人真正屬於他了，有了這條五步龍，大把大把的鈔票就算是握在掌心裡。二十歲的土根還有許多夢，他等待著這些美夢一個個變成現實。眼看著第一個夢就要實現了，這不能不讓他心花怒放。

夢中的土根伸出舌頭，這是他正在和桂花親嘴，那種感覺好極了，一直甜到心窩裡。接著土根又張開雙臂，要摟住自己心愛的女人。但是桂花的身體冰冰涼，硬邦邦，完全沒有昨晚的柔軟溫暖。土根迷迷糊糊想睜開眼，然而太晚了，胸口忽然像被狠狠地紮了一刀，劇烈的疼痛讓他騰身而起。土根的懷裡緊緊抱著蛇後，那條褐色的大蛇又張開了嘴，白森森的毒牙像是死神的手指，又一次逼近了土根。土根沒有去摸蛇藥，他知道世上還沒有能解五步蛇毒的藥品。土根抓住了裹腿裡的匕首，沒等蛇後的毒牙再一次咬到土根，那把匕首已經深深地紮進了蛇的肚腹。蛇後甚至沒有掙扎，它任憑匕首從上到下將自己一分為二。這個結局早已在它的意料之中，人生一世草木一秋，那麼蛇類當然也逃脫不出這個規律。土根為自己的捕蛇世家報了血海深仇，他最後看了一眼蛇後短撅撅的半截尾巴，抬起頭望著太陽，陽光中他漸漸閉上了眼睛。

村長又領著幾十號村民，一路敲鑼打鼓吶喊著進了蛇穀。他們在那兒找到了土根，當然這時的土根已經死去多時了。在他的身邊，躺著爛醉如泥的蛇王，還有那條被土根開膛破肚的蛇後。這一次村民們的排場比上次要隆重一些，有兩杆鳥炮沖著蛇穀的天空放了幾響，讓這個寂靜的地方顫動了。人們抬走了土根，還有一死一活兩條大蛇。誰也沒有發現，那個繡著桂花的煙荷包，被土根留在了靜靜的蛇穀裡。只有風兒掠開草叢，那個煙荷包才能得見天日，這就是土根的夢，這個夢似乎永遠沒有盡頭。

老莫其人——一個小公務員的覺醒

　　裝修一新的辦公大樓像個趾高氣揚的新貴，讓進進出出的公務員們一個個不由得挺胸腆肚，跟著長了不少威風。

　　只有老莫還是那樣弓背彎腰像只大蝦米，在熙熙攘攘神氣活現的俊男靚女中顯得不三不四，成了惹人注目的另類。其實老莫也想昂首挺胸，也想舒展一下一米八九的雄姿。可是他做不到，因為嚴重的頸椎病折彎了原本筆直的脊柱，讓老莫不得不面對大地，每天處於謝罪的姿態。有一天，辦公大樓的上空飛過一群響著鴿哨的白鴿，老莫情不自禁抬起腦袋，想看一眼那些自由自在翱翔在藍天上的小精靈。然而這個舉動忽然讓老莫眼前發黑，天旋地轉之際，老莫像一根木椿般轟隆一聲栽倒，和大地親熱了一回，被幾個同事直接抬進醫院。打那之後，老莫的腦袋就再也沒有抬起的時候，無論對誰，他都顯得那樣謙卑，目光始終瞄準對方的上衣第二顆紐扣。

　　老莫今年五十有三，他的父親在公務員這個職務上一直幹到退休，最終的職位是一個響噹噹的正科級。老莫的副科級已滿四年，他唯一的願望就是能夠有朝一日和父親並駕齊驅。可這個副科到正科的一步之遙，卻把老莫折磨的死去活來，整天處於惶惶然不可名狀的緊張之中。他的電腦技術等於零，雖然也想抽空參加一個電腦學習班，可是哪兒有這樣的空閒呢？看著年輕的同事們輕鬆愉快在電腦鍵盤上敲擊，老莫只好搖頭歎息，把那些最枯燥最沒有人願意收拾的列印檔案全攬到自己的桌上，用自來水筆吭哧吭哧一筆一劃描著小方塊。

堆積如山的公文卷宗就像一片茫茫無邊的海洋，讓老莫覺得自己像一葉扁舟般尋不到一個可以停泊的碼頭。那些簽字成天猶如密密麻麻的小生物般騷擾老莫的神經系統，把他的新陳代謝搞得亂七八糟。從三十歲開始，老莫的不毛之地就逐漸擴展，到了現在，只剩下後腦勺上屈指可數的幾根斑白毛髮。如果老莫能像同事們一樣下班後打打牌，跳跳舞，興許日子還好過一些，還不至於讓所有的人都生惻隱之心。老莫還沒到對人情世故一竅不通，他也明白，通過這些社交活動可以聯絡同事和領導的感情。可是老莫下班後還有一個癡呆的老婆需要伺候。女兒有了自己的家庭，有了自己的快樂，妻子的病痛就只有老莫一個人來承擔。從二十多年前老莫第一眼看見妻子時起，他就發下誓言要和另外的一半共用人生所有酸甜苦辣。

提起妻子，當年也曾經名噪一時，在憶苦思甜的大型集會上，這個嬌小美麗的女孩子，也像現在的明星們一樣，引得無數老莫這樣的熱血男兒競折彎了腰。妻子的父親是一個解放前鞋鋪的小皮匠，一次在割皮子時不慎將手指割去半截，被老闆打發回了家。妻子每當說到這一段時，總會高高舉起右手掌，然後左手做刀狀，在空中狠狠向右手劈下，隨之右手的一個手指躲進了掌心，面對觀眾的那一面就變成一個殘缺不全的巴掌。老莫那時是一個大學生，接受這類改造教育義不容辭，所以妻子的這個絕版之舉讓老莫刻骨銘心，成為了他腦海中不可或缺的一部分。老莫和妻子也曾經有過火一樣的熱情和水一樣的柔夜，也曾經把魚水之歡玩得有聲有色。可是自打老莫換上頸椎病之後，夫妻之禮就有些力不從心，關鍵時刻往往心中一軟就敗下陣來。

改革開放以來，生活中的不如意更加接踵而至。先是妻子所在的皮鞋廠日落西山，生產的皮鞋堆積在倉庫裡發黴變質，大開著門戶連小偷也懶得光顧。後來廠裡有人出了高招，把每個職工的家都變成了小倉庫，老莫回到家所見所聞幾乎全是皮鞋。國營企業在市場競爭之中就像一批拉著重載的老馬，急下坡無論如何也收不住腳步，眼睜睜等著馬失前蹄，車毀馬亡。終於有一天，工廠那個肥頭大耳的廠長，在全體職工大會上沉痛的宣佈，從即日起，皮鞋廠不復存在。沒等廠長話音落地，妻子一個箭步飛身上台。嬌小的柔弱女子，只用身體輕輕一擠，那個看起來膘肥體壯，心裡卻空虛無根底的廠長就翻滾到了台下。接著妻子高高舉起右手掌，左手做刀狀，接二連三在臺上施展開劈殺的功夫。職工們先是驚愕，再是哄笑，接著便覺不妙。幾個好姐妹紛紛跳上臺，硬是把妻子架進了醫院。

打那之後，妻子除了吃飯睡覺，就是沒完沒了的舉掌劈殺，讓老莫過足了眼癮。醫生說，基本上無藥可救，如果會有奇跡發生，那就得看老莫的情感力量。老莫雖悵然，可臉上仍是一片希望的田野。看著妻子不厭其煩舉手劈殺，老莫總是含情脈脈，將新婚之夜回味品嘗。對他來說，那一刻就是人生的真諦，足以讓他死而無憾。

那個正科級還是遙遙無期，年輕的處長每每見到老莫總是無可奈何攤開兩隻越發肥胖的巴掌，把責任像個皮球一樣甩到老莫的頭上，喋喋不休的埋怨道：「老莫，這是怎麼說的，想當年我還是你一手教導出來，你現在的狀況真讓我顏面盡失，難道你自己就甘心一輩子頂著個副科的帽子嗎？」望著處長滿臉的體貼入微，老莫簡直慚愧的無地自容，他真希望給領導爭一回臉面。處長似乎也看出了老莫的所思所想，真心誠意的附耳低語道：「當年我就是被咱們漂亮的女局長看中，你不妨也試試這一招。」看著還是一頭霧水的老莫，處長真有些恨鐵不成鋼，他耐著性子繼續點撥道：「局長最看重的男子漢氣概在咱們局蕩然無存，你別像其他吹牛拍馬之輩，特立獨行方能奏效。」

似懂非懂的老莫嗑著牙花，正仔仔細細領會著處長的指點，冷不防就發現局長邁著輕盈的舞步，出現在走廊的那一端。老莫到了這一刻隻想著為處長爭個臉面，更為了自己垂涎已久的正科級。心一橫，牙一咬，把個彎腰駝背就挺直了一多半。顧不得同手同腳，外八字撇得像只老麻鴨，大步流星迎著局長沖去。年輕美麗、風流新潮的女局長怎麼也沒料到，在自己的領地裡居然會出現這麼一個目空一切的傢伙，不由得趕緊往旁邊閃讓，眨巴著大眼睛好奇的注視著耀武揚威的老莫。老莫幾乎就要成功了，他憋足了一口氣，把兩條胳膊甩得像風車一樣呼呼有聲，兩條長腿差一點就踢過了局長的腦袋，直把局長看得目瞪口呆，一張小嘴半天合不攏。然而，就在這關鍵時刻，老莫致命的絕症又發作了。他只覺得心中一軟，耀武揚威頓時化作一團煙霧隨風而去，一米八九重又變作萎靡不振的一堆，目光重又膽怯地鎖定在局長胸口第二顆金屬紐扣上。

老莫的弄巧成拙雖然遭到了局長的白眼，但懸在心中那一塊大石頭卻忽然落了地。從今往後，他和正科級再也無緣，不必為一官半職勞心費神。當天晚上，老莫就像換了個人，端著一杯茶，喂妻子一口，自己喝一口，又回到了無憂無慮的青春年華。妻子那張臉上呆板的線條，在老莫溫柔的撫摸下，漸漸變得月亮般明豔動人，目光中殺氣騰騰也漸漸變成了如水的柔情。老莫看得驚心動魄，一股熱浪從心底陡然升起，就像喝醉了酒一樣飄飄然忘乎所以。看著看著，老莫情不自禁一把就將妻子摟抱在寬闊溫暖的懷裡。兩張嘴被膠粘住了一樣，再也分不開。那一個晚上，老莫一直硬到了最後，連他自己也覺得驚奇，是什麼給了他如此神力。心滿意足的老莫一覺醒來，天早已大亮。他正待翻身起床，猛然發現妻子像一條可愛的魚兒，輕盈活潑的遊動在灶前床邊。老莫揉揉眼睛，無法相信眼前的一切，那個精神失常萎靡不振的女人已然消失殆盡。然而這不是夢，妻子端著早點，朝她嫣然一笑，露出了皓齒名眸，那個劈殺招式無影無蹤。

老莫在上班的路上，隨著自行車腳踏的上下翻轉，將邏輯推理在腦海裡翻來覆去。到達辦公大樓前終於得出了正確的結論。還沒等處長攤開兩隻巴掌，老莫就將一紙辭職報告遞到那肥胖的手裡。處長覺得老莫簡直匪夷所思，板下臉訓斥道：“老莫，你瘋啦，還有兩年就可以退休，到那時就是你不要，正科級也是煮熟的鴨子，你腦子有毛病嗎？”。老莫並不答話，只是微微一笑，伸手在處長的脊背上拍了兩掌，他覺得那個年輕的脊柱也已經開始彎曲。處長像是受了極大的污辱，勃然大怒，臉紅脖子粗對老莫破口大罵。老莫卻毫不在意的揮揮手，調轉身揚長而去。辦公大樓的上空又傳來悅耳的鴿哨聲，老莫再一次抬起頭來，湛藍的天上，一群白鴿像大海中飛揚的小帆，劈波駛過，老莫的眼睛尾隨著白鴿一直飛到了天邊。他晃晃腦袋，猛然醒悟，那個困擾自己多年的頸椎病竟然不治而愈。是啊，一個奴顏婢膝的小人怎麼可能成為真正的男子漢呢！

血色黎明

黑夜對我來說，早已毫無意義，因為我在這片混沌的黑暗中生活了整整三年，光明不屬於我。雖然如此，可在坎坎坷坷的山道上，我仍然健步如飛，山間那一條條彎彎曲曲的羊腸小徑，就像對自己的手掌一樣熟悉，即便看不到，也能夠讓每一腳都踏在該落的地方。

除了風兒在樹枝間柔柔的穿過，萬物像是都沉入了夢鄉，連夜貓子也無聲無息。可是我知道，它就在我的身後。就像八年前，還是一條比貓兒大不了多少的皮球般的小狼崽子時那樣，不遠不近的尾隨著我。真是我的冤家，生死冤家，自從父親從山裡將這個失去家庭的傢伙帶來，我們就結下了難分難解的恩恩怨怨。

它是那個狼窩裡唯一的倖存者，村裡的民兵在父親的帶領下，掃蕩了近一個月，將方圓幾十裡的狼群斬盡殺絕，為村裡的孩子們創造出一個安全的環境。和平共處是不可能的，那些吐出紅舌頭，眼睛發出綠茵茵凶光的狼們，對小孩子垂涎三尺，和善於奔跑的小動物相比，孩子的肉香對狼群有著無比的誘惑。每年冬天，村裡總會有幾個孩子被狼群叼走，剩下一堆破布條兒等著悲痛欲絕的母親們拾回去埋葬。

狼群的首領就是這條狼崽子的媽，這條窮凶極惡的母狼簡直是個惡魔，村裡人只要談到它，無不膽戰心驚面如泥土，真可謂談狼色變。

　　父親領著民兵跟著這條狡猾的母狼，一圈又一圈的兜著圈子，有好幾次，母狼鑽出包圍圈，出其不意的繞回村子，要不是父親派了幾個民兵嚴加防範，村裡的孩子難逃狼口。母狼被打死了，臨死前產下了一窩小狼，民兵們將這些還未睜眼的狼崽子一隻只扔進火中，烤熟了是一餐絕佳美味。父親奪下了最後一隻狼崽子，想留給我這個從小失去母親的兒子，讓我有個夥伴。

　　小狼崽子第一眼看到的就是我，那一雙灰藍色的眼睛毫不膽怯，尖尖的嘴伸向我，一根粉紅色的舌頭舔著我的手，它准是餓了。恐怕全世界只有這一條狼是喝稀粥長大的，南瓜粥，地瓜粥，玉米粥，都成了它的家常便飯。我喝，它也喝，我不喝，它就不敢喝。

　　春天到了，鄉里的學校又開始上課，每天早晨，小狼崽子就尾隨在我的屁股後面，一路小跑直送我到高高的山崗。山裡人和城裡人不同，不喜歡群居，每家每戶之間至少隔一個小山包，孤僻寡言就成了山裡人的特徵。山頂有另外兩條小路，那是離我家最近的兩個鄰居。左邊的是俊靈兒家，右邊的是魯三子家。我們常常在山頂上會合，然後一同上學去。狼崽子遠遠的蹲在半山腰，目送著我和一男一女兩個同學漸漸走遠。

　　山裡的太陽落的比城裡早，每天放學時，那個紅彤彤的落日總是比我早一步，當我踏上山頂時，太陽就掉落在更遠一點的大山後面了。這時，那條一直蹲在草叢裡的狼崽子便會突然躍出，撲在我的腿上，嗷嗷地叫喚，叫聲就像俊靈兒的笑聲一樣動聽。我當然知道，它確實在笑，望眼欲穿的朋友終於歸來，能不高興嘛。後來父親也聽到了這傢伙的笑聲，詫異地說："這東西，可真成了精了。"從此它就有了大名，狼精漸漸聲名遠播。

　　狼精的出名並不是因為它是那條母狼的後代，而是由於它奮不顧身見義勇為，從一條草蟒的口裡救出了俊靈兒的小命。那天我和俊靈兒分手後，照例和狼精鬧騰著往家跑，可是這傢伙忽然站住了，頂著風一個勁兒嗅鼻子，接著就嗚嗚的叫著掉頭往回跑。我一把沒揪住它，只好跟著往回跑。狼精奔跑的速度越來越快，對我的喝斥充耳不聞，我的心也提了起來，預感到情況不妙。

　　果然，在朦朦朧朧的夜色中，小路邊的草叢中忽然發出一聲微弱的慘叫。狼精像一股風，嗖的離開地面，飛進那片草叢中。充滿野性的吼叫，令人毛骨悚然的撕咬，夾雜著微弱的哭聲，讓我兩腿抖的像被風吹彎了腰的小樹枝一樣，怎麼也挺不直。呼啦啦一聲，草叢裡滾出了一團黑影，我仔細一瞧，媽呀，狼精正咬著一條大蛇的脖子，身體卻被蛇尾緊緊纏住。它還小，不知道該如何對付草蟒的糾纏，牙齒也太嫩，根本咬不死那條大蛇，它的身體左扭右擺，像個笨拙的小豬。我壯起膽子，彎腰搬起一塊大石頭，狠命砸下去。那條草蟒的脊樑骨被砸斷了，像一條破繩子軟塌塌鬆開了。就這樣，我背著俊靈兒，狼精叼著書包，我們倆把我的初戀情人送回了家。那個軟綿綿的女孩子趴在我的背上，感覺真是好極了。

　　第二天，村長帶著俊靈兒的父母，敲鑼打鼓送來了一大堆雞鴨魚肉，大家的目光投向狼精，這傢伙卻像個女孩子一樣羞羞答答的鑽進了床底下。打那以後，我和狼精就成為俊靈兒的貼身保鏢，放學後會送她一直到家，每當這時，魯三子就會醋意大發，一口接一口朝地上吐唾沫，還使勁跺腳，像是要把什麼踩在腳下。

　　魯三子家裡也養著狗，三條牛犢般大小的四眼母狗，這些狗和魯三子一樣趨炎附勢欺軟怕硬，村裡人誰都不願和魯三子家交朋友。那天，在夏日微醺的暖風中，在漫山遍野的野花從中，我和俊靈兒在小山坡上採集夏枯草。這是一味可以治老年人風濕腰腿痛的草藥，是俊靈兒為母親採集的。五顏六色的花兒，吸引著蜜蜂蝴蝶翩翩起舞，也讓我和俊靈兒的心向那些蝴蝶的翅膀一樣亂撲騰。

我們都長大了，年輕的心開始信馬由韁，手和眼睛也不聽使喚，總想碰一碰對方敏感的身體。狼精獨自在不遠的地方折騰，它四腳朝天，抱著一個瓜蔞滾來滾去，那個瓜蔞長得特別大，簡直就像一個真正的西瓜。那也是中藥材，專治下焦虛火。看來狼精由於長期和我們相處，已經對各種藥材有了初步的認識。

俊靈兒忽然尖叫一聲，她的手被十大功勞堅硬的葉片紮破了。我乘機抓住那雙朝思暮想的小手，把那只滴著血的手指頭含在嘴裡，拼命的吮吸，讓手指上女孩子的清香直灌丹田。就在我們倆的心快要跳到一塊兒的時候，狼精猛然躍起，扔掉那個瓜蔞，咆哮著撲向我們的身後。隨著震耳欲聾的狂吠，三條巨大的四眼狗像三股黑風呼嘯著壓了過來，在它們的後面，魯三子陰沉著臉仇恨的怒視我們。狼精擋在我們的前面，它只有那三條大狗的一半大小，實在有些螳臂擋車的意思，可是它毫無懼色，露出尖利的牙齒，全身的毛都紮煞開來，像一隻碩大的刺蝟。一時間，那三條大狗居然被狼精的威風鎮住了。

魯三子的臉變得發紫，他的嘴唇鼓得像豬嘴一樣，甩起腳，用力踢那三條大狗的屁股。四眼狗們反應過來，張開簸箕般大小的嘴，想一口吞下狼精。眼看著狼精危在旦夕，我奮不顧身地撲上去，躲過那三條大狗，一把揪住了魯三子，和這個混帳扭成一團。草地上狼和狗，人和人打得不可開交，只剩下俊靈兒戰戰兢兢面無血色，兩隻手摀著臉撅著屁股趴在草地上哭。

　　魯三子雖然人高馬大。可是由於吃得太好，鍛煉太少，所以沒幾個回合就被我按倒在地，左一拳右一拳捧得他哭爹喊媽。我偷眼去看狼精，這傢伙雖然動作敏捷，雖然咬得准而狠，可是顯然體力不支，漸漸處於下風了。我真的急了，猛地揪住魯三子褲襠裡那傢伙，喝道：“狗日的，快叫住你的狗，要不然我讓你斷子絕孫。”說著，狠命捏了一把。魯三子鬼叫一生，聲嘶力竭的喚回了那三條大狗。我和狼精互相摟抱著，撫摸著它身上那一道道傷口，我的心痛極了。

　　狼精長大了，它不像狗那樣長滿了無用的肥肉，渾身上下透出精幹利索，背脊上那一道黑色的中線像一條水平線，奔跑起來就是一支黑色的飛箭。由於村裡人家家都愛吃狗肉，所以大多數公狗還沒有長大成狗就成了人類的糞便，只剩下狗寡婦爭風吃醋。狼精忽然間身價倍增，那些母狗的主人紛紛要求狼精給它們傳宗接代。而狼精對那些賣弄風騷的母狗們嗤之以鼻，根本就不屑一顧。這傢伙的自視清高讓我感到尷尬。和狼精比起來，我簡直成了好色之途，只要一看見漂亮女人，腿肚子就發軟，兩眼就發直，連條狼都不如，真正是丟死人了。

　　魯三子也來了，他還帶來了一大塊肉，嬉皮笑臉的一個勁兒和我攀同窗。這小子已經退了學，接替他爹當上了村裡會計，全村所有的錢財都得經過這個豬爪子。人人都知道這父子倆手腳不乾淨，可又怕那個在鄉里當書記的魯三子大伯父，所以誰都睜一眼閉一眼不敢吱聲。魯三子拿著那塊肉，眼睛滴溜溜亂轉，東張西望，嘴裡還發出嘖嘖的響聲。我知道這傢伙也是為了給他們家那三條大四眼狗配種而來，雖然心中不樂意，可是就連父親也讓這傢伙三分，我好歹也得給他留個面子。於是我喚來了狼精，給它帶上脖圈，拴了條鐵練，牽著跟了魯三子出門兒去。

　　那三條大四眼母狗醜態百出，它們圍著狼精岔開兩條後腿，又是扭腰，又是甩屁股，活脫脫就是三個狗婊子，全忘記了去年還張牙舞爪想一口吞了狼精。狼精威嚴的蹲在我的腳邊，目不旁視像一座雕像，讓我充滿了自豪的感覺。母狗們終於按耐不住，開始動手動腳，用那一張張無恥的嘴臉勾引狼精。那一條最大的母狗甚至把頭鑽進了狼精的胯下。這一下，狼精被徹底激怒了，它露出白森森的利齒，沒等我反應過來，冷不防一口就咬住了那條大狗的脖子。誰也沒看清楚，那條母狗霎那間就身首兩處，腦袋下緣和脖子上端就像刀切的一樣齊整，狼精的牙齒和刀片一樣鋒利。剛才還搔首弄姿的母狗轉眼間就變成了一塊連皮的狗肉，那些狗血正一滴滴從狼精的牙尖上滴落塵埃。緊接著，狼精忽然間變得兇神惡煞，它猛然掙脫了我手裡的鐵鍊，露出滿臉的猙獰，咆哮著瘋狂追殺那兩條四眼母狗。往日耀武揚威的大狗頓時變成了兔子，僅僅夾著尾巴滿院亂鑽，發出恐怖的哀鳴。狼精追上其中一條，撲過去狠狠咬住那條狗的脖頸，和先前那條一樣，這條大狗也立即變成了一堆狗肉。

　　魯三子急紅了眼睛，他轉身回屋，取出一隻藍瑩瑩的獵槍。我撲上去，一腳踢翻了魯三子，又回過頭三把兩把扯下了狼精的脖圈。同時高聲叫喊："快跑！快跑回山裡去！再也別回來！永遠別回來！"狼精聽懂了我的話，猛一躍就飛上了院牆，我剛剛松了口氣，一回頭，卻看見魯三子又端起了槍。我怒吼著，撲上去，剛剛用手抓住槍管，槍口裡就噴出火光，我的腦袋翁一聲，就什麼也不知道了。

　　冬天又來臨了，樹梢上那窩喜鵲唧唧喳喳叫個不停，我雖然只能用耳朵聽，可是眼前卻仿佛看見了那片雪已開始融化，嫩綠的草尖兒正從雪下露出腦袋。這說明我對生活還充滿希望，對前途還沒有喪失信心。魯三子那一槍把我的兩個眼球打爛了，官司一直打到縣裡，最終我還是輸了，理由是我養狼為患，傷及無辜。

失明之後，我的生活完全改變了，學校當然不能再去，俊靈兒離開了我，和魯三子結了婚。這女人真讓我倒胃口，和我分手沒話說，那是因為我不能給她帶來幸福。可是和魯三子結婚就有點兒匪夷所思了，愛情人格，魯三子一絲一毫也沾不上，看來俊靈兒只是為了錢。

父親回來了，他臉色一定很陰沉，我雖然看不到，可是那根長長的煙袋鍋裡，哧哧啦啦的煙沫兒的響聲說明了一切。我的心裡頓時忐忑不安，除了有關狼精的事兒，父親什麼都不瞞我。那條狼現在已成為全村人的心腹之患，村裡人養的豬馬牛羊都成為這傢伙的盤中之餐。更可恨的是，這傢伙有時完全為了屠殺，活生生咬斷牲畜的脖頸便揚長而去。這些都是我從鄉親們的口中打聽得知，父親從來絕口不提那個冤家，似乎早已和它恩斷情絕。

其實我們父子倆都知道，狼精還在我們的心裡，每當風高月黑的夜晚，它就會悄然來到我們家的門外，直等到天色發白，才會姍姍而去。整整三個冬天，我們家從來就沒有斷過野兔，野雞，那些美味全是狼精供奉的。它甚至知道我的眼睛失明了，有天晚上，它躲在門外淒淒慘慘的哭了，像個小孩子那樣，哽哽咽咽的哭，讓我的心像有萬根鋼針在紮。可是我和父親不能開門，這條狼已經成為禍害鄉里的罪犯，我們再也不能姑息養奸。那天早晨，當父親打開門時，大吃一驚，門口堆積了一大片草藥，各式各樣五花八門，從治拉肚子的什錦草到治療下焦虛熱的幹瓜簍，琳琅滿目，歎為觀止。父親慢慢蹲下身子，哆哆嗦嗦伸出雙手，捧起一大把草藥。他的手抖動得像村裡那台小發電機，捧在掌心裡的中藥材撒了我一頭一臉。我的眼淚奪眶而出，這個混蛋，它哪兒是條狼呀，真正鑽進了我的心裡，完完全全是個有情有意的精靈古怪。

父親終於把那根長煙袋鍋在地上狠狠敲了幾下，艱難的對我說："咱們要對得起父老鄉親們，那個鬼東西開始找小孩子了。"我愕然得抬起腦袋，難道狼精會和它那條該死的惡魔母親一樣，難道狼精真的會吃人嗎。父親沒有說錯，俊靈兒抱著一個呀呀學語的孩子來到我家，還沒說話就先抹開了鼻子。她說話的方向肯定不是對著我，我再用勁也聞不到那張嘴裡的清香。我當然知道她的心中有愧，當然知道她總是躲躲閃閃繞著我走路。我的鼻子還好使，俊靈兒身上的香味早已藏在我的心裡，只要她出現，絕對瞞不過我，失去了眼睛，鼻子當然就要發揮更大的作用。

俊靈兒用力擤了把鼻子，說道："那條狼，原本是我的救命恩人，可現在要吃我的孩子。救救孩子吧，就看在我們從前感情的份上。沒了孩子，我也活不成。不為魯三子，不為我，孩子是無辜的，沒有罪過，孩子不該死。"原來狼精盯上了魯三子家，每夜都要蹲在窗臺下，只要孩子一哭，狼精就嗷嗷的笑。魯三子拿了槍出門，可是連個影子也找不到。只要一關門，那傢伙便又故伎重演。害得魯三子將家裡的雞鴨魚肉全都拋出門外，可是狼精根本對那些東西不屑一顧，還是每夜蹲在窗外黑影裡冷笑。魯三子快要瘋了，那條狼的冷笑就像一個陰損毒辣的惡魔，先將人折磨一番，等玩夠了再下毒手。父親使勁敲打著煙袋鍋，對我說："這個孽是咱們造下的，還得咱們來收拾。跟我一起去吧。"其實我早已知道，父親帶領民兵們成天在山裡折騰，挖陷阱，設狼套，甚至還埋了地雷。可是狼精和我們生活了這些年，人類那些雕蟲小技，它早就爛熟於心了。

說句不客氣的話，只要人們一撅屁股，它就知道會拉什麼樣的屎。父親是村裡治保主任兼民兵隊長，當然要對人們的生命財產負責任，可是我憑什麼要和他們一道對付狼精呢。

　　我知道現在已經走到那片斷崖之下，因為腳下變得平坦，卵石和沙粒在腳下打滑，四周連一棵小樹也找不到。我背靠在崖壁上，靜靜的等待。說句實話，直到現在，我還沒弄清楚自己到底要幹什麼，不過，有一點我很清楚，狼精快要到了，這兒就是我和它決定命運的地方。我用盡咳嗽一聲然後像狼精那樣豎起耳朵，拼命搜索四周的動靜。可是我畢竟不是狼，除了柔柔的風，只有自己的呼吸，還有怦怦的心跳。我用力嗅著鼻子，風兒很清爽，說明今夜星光燦爛，明天又將是陽光明媚。雖然我可能再也看不見那個太陽，可是溫馨的生活，溫馨的人，都像太陽一樣照耀著我的靈魂，這其中當然也有狼精曾經給與我的快樂。我的心忽然抖動了一下，風兒吹過一絲異樣的氣味，那是狼精，它終於來了。我下意識的縮了縮手，袖筒裡藏著一把尖刀，那是父親專門用來對付黑熊的，背厚刃薄，鋼口一流。然而不到萬不得已，我絕對不想用它來對付狼精。

　　風兒在這片小開闊地上兜著圈子，一會兒將我的氣息送給狼精，一會兒將狼精的氣息送到我的臉上。那股氣息似乎已經變得陌生，騷臭夾雜著血腥，讓我噁心，這已經不是那個和我心心相印的狼精了。我不吭聲，它也無聲無息，面對面就這樣默默對視著。

　　其實只是它看著我，我只能用鼻子和耳朵打量它。忽然間，這個混蛋發出一聲長嘯，我的全身立刻起了一層雞皮疙瘩，從頭到腳不由自主打了個哆嗦，甚至連牙齒也嘚嘚響。狼精又笑了，可是那種笑聲再也不是從前注滿友愛和善意的笑了。這笑聲冷颼颼陰森森，就像是從千年古墓裡鑽出的幽靈一樣，讓人一直冷到心底裡。

袖筒裡那把尖刀也是冰冰涼，可是我寧可讓這把刀和我的皮肉靠得更緊一些。狼精笑完了，喉嚨裡開始骨碌碌響個不停，那是嗜血成性的食肉動物發自內心的本能欲望在示威。

我不由自主地靠近背後的崖壁，選中這兒，就是不讓這東西抄了我的後路，這樣說來其實我潛意識裡早就作出了決定。狼精不僅有鋒利的牙齒，有強健的肌肉，有最靈敏的反應，更可怕的是它的智商比人類矮不了多少。我有些後悔，父親再三警告我，絕對不能一個人面對狼精，這傢伙已經和它的狼媽一樣，變成了一個十足的惡魔。第一次讓我膽戰心驚的笑還沒有完全從耳膜上消失，狼精又笑了，這一次比剛才還要刺耳，就像有無數把小銼子折磨著我的神經，難怪魯三子要發瘋，誰也受不了這樣的刺激。我拼命咽著唾沫，讓那顆心儘量落在丹田。我知道，只要我穩如泰山，狼精就不敢發動攻擊。我和它知己知彼，所以都知道耐性才是克敵制勝的法寶。

不知過了多長時間，狼精開始猶猶豫豫地向前移動，我的心也開始緊縮，這個混蛋，為什麼非要和人作對呢？現在擺在我們面前的只有兩條路，一條是我變成狼，或者它變成人，這當然是無稽之談，只是聊齋裡的鬼話連篇而已。另一條就是狼死我活或者我死狼活，這條絕路從狼精到我家開始就已經註定了。除此之外，沒有第三條路可走，難道人和動物之間就這樣不共戴天嗎，難道動物就只有被人類奴役嗎。然而這個問題對現在的我們是不合時宜的，命運安排了一切，誰也逃不脫。

狼精又靠近了一些，我的手開始彎向袖筒裡，這傢伙太精，決不能讓它發現破綻。我看不見，只能後發制人，只能等待狼精的進攻。它又向我靠近了一步，我已經能聽到這傢伙哈哈的喘息，已經能感覺到它身上熱烘烘的溫度。面前刮起一股風，我的手也從袖筒裡伸出，當然，那把刀帶著風刺向狼精。狼精的身體沉重地落在我的懷裡，血從割斷的喉管裡汩汩湧出，那顆腦袋在我的懷裡扭動著。

我扔了刀，用手捧住狼精的頭，禁不住一陣心悸，那張長著刀鋒一樣銳利牙齒的嘴緊緊閉著，這個混蛋，它根本就沒有想致我於死地，它為什麼不張嘴，為什麼不咬我一口呢，那樣我會好受些。那顆腦袋還在我的懷裡扭動，狼精微微張開嘴，發出嗷嗷的笑聲。這是我的狼精，它永遠不會和我分開，我垂下頭，伏在狼精漸漸冰冷的身上，一把鼻涕一把淚的號啕大哭，狼精的笑聲低了，化作風兒遠去。

我懷抱著狼精僵硬的身體一步步向山頂爬，那兒是它和我常常相聚的地方，那兒是能夠最早看見太陽的地方，我要將狼精安葬在山頂，讓它和太陽一起升降。我用刀狠狠的挖，終於給狼精準備好了一個說得過去的墓穴。狼精安息了，我將那把刀也留給了它，那是我最後的懺悔，曾經有過的友情被這把刀割斷了。當我捧完最後一把土時，濃濃的霧氣從山底升騰起來，我知道那霧氣是紫色的，是芬芳的，是纏綿的，是對太陽的召喚。

我默默坐在狼精的身旁，等候著，等候第一縷陽光灑向我們。天快要亮了，霧氣快要散盡，今天已經來到，昨天就是一場夢，是一個永遠做不完的讓人悲喜交集的夢。

後記　夢非夢

　　做夢是上天賦與人的一種本能，無論願意不願意，夢總伴隨著我們度過一生。夢其實並非僅為一種簡單的生理現象，人一旦具備了自我意識，夢便會不知不覺進入我們的日常生活。生理意義上的夢，通常完成於睡眠，很多時候根本不受意識的控制。然而意識無所不在，一旦被夢境主宰，有意無意間必然會左右人們原本井然有序的現實生活。由此可見，人們的所思所想所作所為，人們的喜怒哀樂酸甜苦辣，或多或少都可能蒙受夢的洗禮。

　　正如我每每在作品中指出，小說寫的是現實，小說寫的更是夢。由於客觀條件的限制，很多夢直到生命終結仍然還是夢，令人心醉神迷的美好生活永遠定格於虛無的夢境之中。寫小說則另闢蹊徑，憑著無所不能的筆墨，不費吹灰之力便能實現現實終無法完成的夢想。

　　雖然作家本人的現實生活同樣十有八九不盡人意，雖構思出的美夢成真只出現於紙張或螢幕，但畢竟在精神上成就了一幢美妙的幻化過程！作家的筆可以化險為夷起死回生，也可以化小人為君子化貧窮為富有。偉大的作家甚至可以化腐朽為神奇，將盡善盡美的天堂搬至破綻百出的人間，讓筆下人物活的神仙般逍遙自在。然而再怎麼妙筆生花，最終面對的還是讀者的橫挑鼻子豎挑眼。無論冷嘲熱諷嬉笑怒罵，還是溢美之詞不絕於耳，讀者永遠是作家的上帝。

　　所以說，作家的夢應該源於社會，應該源於這個讓我們快樂並痛苦著的世界。不管小說中的人物弱小或強大，不管他們實現了多麼波瀾壯闊史詩般的夢想，作家筆下的夢境終將在人世間塵埃落地。

　　芸芸眾生各有各的夢，有的在官宦夢中浮沉；有的在金錢夢中輪迴；有的為了浪漫的愛情夢赴湯蹈火。更有無數的志士仁人，為了實現全人類解放的理想之夢，前赴後繼拋頭顱灑熱血死而後已！寫小說就是要揭示人們的真實面目，揭示人們隱藏于心靈深處的夢。人的欲望皆呈現於夢境之中，夢中的靈魂赤裸裸毫無遮攔，將假惡醜或真善美表演得淋漓盡致。放眼百態人生，現實生活向來冷酷無情，無論你的夢多麼美好，絕大多數到頭來准是空歡喜一場。與此相反，那些令人窒息的噩夢卻常常出現在現實中，向毒蛇一樣把我們糾纏的死去活來。無論你多麼善良多麼助人為樂，可美夢實現的概率絲毫不會比他人高出半點。令人鬱悶的是，某些品行不端損人利己者卻往往心想事成，她們的夢似乎能得到上天更多的眷顧。

　　綜上所述，夢並非一定受意識的擺佈，但意識卻肯定會受到夢境的影響。真善美未必與夢想成真有必然的聯繫，假惡醜也未必就不能夢想成真，興許這就是嚴酷真實的人生吧！儘管美滿如意的人生只占可憐的十之一二，但我們追求真善美的腳步卻從未停下，因為那是太陽升起的地方，是每個人心目中一道永不消逝的地平線。作家的責任就在於此，無論作家們身處的環境多麼惡劣，所書寫的文字必須帶給讀者最美好的享受。可以揭露黑暗，可以鞭笞醜惡，但最終的目的只有一個，讓人們感知真善美才是作家最神聖的使命！

作為一名盲人作家，我對此更能感同身受，因為我知道一個在黑暗中苦苦掙扎的靈魂最需要什麼！

三十二年前，當最後一抹陽光從眼前消失，重見光明的夢便時時刻刻縈繞在我的心頭。蔚藍的天空；潔白的浮雲；鮮豔的花朵；燦爛的笑臉；華麗的節日盛裝，所有的色彩線條統統遠去了。根據醫學統計，盲人的視覺記憶，通常只能在大腦中保存十五年。然而經過一萬一千六百個漫長的黑夜，那個絢爛多姿的世界，卻仍然出現在我的腦海。每當在鍵盤上敲擊出小說，生動逼真的場景，人物的音容笑貌，彷彿就在我的眼前。我不懂這是不是奇跡，但明白真善美從未離開過自己的心田，在充滿希望的田野上一定盛開著永不凋謝的鮮花！

唐代大詩人白居易曾寫過一首短詞：花非花，霧非霧，夜半來，天明去。來如春夢幾多何？去似朝雲何處覓。我們短暫的一生與悠遠的歷史相比，猶如晨露般轉瞬即逝。然而，用短短的一生去追求美輪美奐的春夢，不也是一種美妙而積極的人生嗎？

曾讀過一本神奇的古書，據說盲人一旦在夢中看清了栩栩如生的景物，就意味著打開了天目。也不知這種說法是否屬實，不過我夢境裡的世界卻如同失明前一樣，仍然那麼活靈活現生氣勃勃。雖然失去了雙眼，但敲擊在鍵盤上的每個字都顯得從容淡定，因為小說均來自那個陽光燦爛的夢境。時過境遷物是人非，對現在的我來說，重見光明已然不僅僅是一個夢想，我終於在小說中找到了屬於自己的光明世界。是夢卻又不是夢，潛移默化中，現實與夢想漸漸渾然一體了！

ℑ 獵海人

黑暗路上點亮心燈

作　　者	庄大軍
出版策劃	獵海人
製作發行	獵海人
	114 台北市內湖區瑞光路76巷69號2樓
	電話：+886-2-2518-0207
	傳真：+886-2-2518-0778
	服務信箱：s.seahunter@gmail.com
展售門市	國家書店【松江門市】
	10485 台北市中山區松江路209號1樓
	電話：+886-2-2518-0207
	三民書局【復北門市】
	10476 台北市復興北路386號
	電話：+886-2-2500-6600
	三民書局【重南門市】
	10045 台北市重慶南路一段61號
	電話：+886-2-2361-7511
網路訂購	博客來網路書店：http://www.books.com.tw
	三民網路書店：http://www.m.sanmin.com.tw
	金石堂網路書店：http://www.kingstone.com.tw
	學思行網路書店：http://www.taaze.tw
法律顧問	毛國樑　律師

出版日期：2016年12月
定　　價：230元

國家圖書館出版品預行編目

黑暗路上點亮心燈 / 庄大軍著. -- 臺北市 : 獵海人,
　　2016.12
　　　面 ；　公分
　　ISBN 978-986-93978-3-4(平裝)

855　　　　　　　　　　　　　105023272